許す

金子

フ

集英社

はじめに

どうして、あの不倫を許すことができたのか。

夫・宮崎謙介の不倫騒動以降、この言葉を私は何度、聞いたことでしょう。

私が長男を出産する直前の臨月のあいだに、女性と逢瀬を重ねていた。それが報道されてから宮崎はマスコミに追われ、衆議院議員を辞職。私たち夫婦はつねに周囲から好奇の目で見られてきました。

イクメンになると宣言しながら妻の妊娠中に浮気をした男。世のすべての女性を、敵に回した男。宮崎はそうとすら言われたのです。

けれど、私は彼を許した。

もちろん私のなかにもたくさんの迷いや葛藤があったことは事実です。

それでも夫の過ちを許したことで、私は自分の人生に真に大切なものはなにかを発見することができました。ひとりの女性として、妻として、母として、そして人間として。

人は決して完璧な存在ではありません。それは私だって同じで、欠点もたくさんあります。宮崎の浮気という行為は、確かに断じて褒められるものではなかったと思います。

しかし宮崎は、この件で絶望を味わい、築いてきたものをすべて失うというドン底を経験しました。そこから徹底的に反省し、ひとり息子の父として、私の夫として、新たに人生を築こうと、真摯《しんし》に歩んできてくれたと思います。

私たちも夫婦で話し合い、互いがいかに大事かを確認し合い、日々の生活を紡ぎ続けてきました。

そしていま、私ははっきりと断言できます。

私はとても幸せである、と。

幸せというのがなにかは表現しづらいのですが、面白いことや楽しいこと嬉しいことを共有できる人がいるというのはすごく幸せなことだな、と感じるのです。

浮気という行為のあと、夫を許せずに離婚した女性がたくさんいることも知っています。夫婦関係や家族関係というのはそれぞれ違って、当事者にしかわからないことがたくさんあります。

それでも、私はこう宣言したい。

「許すチカラ」で、私は幸せになれた、と。

本書はあの騒動について、私自身がはじめて率直に語るものです。それと同時に、金子恵美というひとりの人間が、なにを考え、いかに生きてきたか、という自らの道程を記したものでもあります。そして社会的提言も加えてあります。

仕事、恋愛、結婚、出産、子育て。迷いの多いこの時代、多くの女性たちにとってなにか一歩を踏み出すヒントや、勇気を与える一冊になるとすれば、これほど幸せなことはありません。

目次

はじめに 1

第1章 わたしの真実 ～夫、出産、不倫～

初産を終えた日の深夜の衝撃 14
「女性関係」という一種の安堵 18
議員辞職承認本会議に出席した夫への敬意 26
家族の気持ちをひとつにした父の提案 36

第2章

許すということ ～子供、夫婦、家族～

48 政治家の10年間に育った特別な価値観
58 恋愛対象ではなかった夫
67 夫の「育児休業取得宣言」問題
75 政務官としてのキャリア
79 悔いなき最後の選挙と落選
95 私たちがテレビに出る本当の理由
109 夫婦の形は変化し正解も変わる
118 父、母、姉、息子……大切な家族から学んだこと

第3章

未来への提言
～少子化、子育て、女性キャリア～

136　女性が真に活躍できる社会を目指して
151　超高齢社会の介護と医療の問題
157　女性の生き方はどうあるべきか
171　女性の身体と出産適齢期

第4章

わたしの許せること、許せないこと

不倫問題は社会の問題ではない 178
モラハラや誹謗中傷は許せない 189
暴力と間違ったセクハラ抗議活動が許せない 193
いまだに残る政治とお金の問題が許せない 196
許せるか許せないかをどう判断するか 199

おわりに 203

―第1章―

わたしの真実

～夫、出産、不倫～

初産を終えた日の深夜の衝撃

その日、宮崎はなかなか帰ってきませんでした。

２０１６年２月５日午前８時19分、私は３２１２グラムの男の子を無事、出産しました。20時間にもわたり陣痛が続くなか、夫は夜のあいだも腰をさすり続けてくれたのです。

初めての出産は大変なものでしたが、産まれてきてくれて本当によかった、ありがとうという気持ちで心は満たされていました。

その日、宮崎は衆議院議員として選挙区の京都に行く必要があり、私の出産を見届けると、そのまま東海道新幹線に乗り、仕事へと向かいました。そして遅くとも終電の新幹線に乗り、都内へ戻ってくる予定になっていたのです。

私は彼を待ち続けていましたが、深夜になり、日付が変わっても、いっこうに帰ってきませんでした。

病室のベッドで横たわっていた私が、どうしたのだろうと心配になりかけたころ、ようやく宮崎が帰ってきたのです。

その顔を見た瞬間、本当に驚きました。顔が青白く、生気がまったくないのです。顔面蒼白とはこういうことをいうのかと、初めて知ったように思いました。

子供が産まれて、本来はお互い幸せの絶頂のはずなのに、なにがあったのか。

彼は、男性の衆議院議員として初めて育休を取ると宣言をしていましたが、地元の京都に反対の方たちがいると聞いていました。それについて相談に乗っていたので、まずこう尋ねました。

「また育休のこと、なにか言われた？」

しかし、そうではないと言います。質問をするたびに、とりあえずなにかしらの答えは返ってくるものの、なかなか肝心の話にまでたどり着かない。そんな状態が1時間、2時間と続いたのです。

私も長男を出産した日の深夜で、さすがに疲労していました。疲れて寝たいのに、どうしたらいいのだろう。

そんなときに宮崎が口にしたのは、同じ自由民主党衆議院議員・甘利明先生のことでした。当時、経済再生担当相だった甘利先生が、秘書の金銭授受疑惑で閣僚を辞任したばかりだったのです。

「……ああいうお金の問題が報道されると、甘利先生のお子さんはどう思うのかな」

とても遠回しな言葉ではありますが、彼なりにそのときの自分の現状に重ね合わせた質問を私にしたのでしょう。私はそのとき、

「べつに親は親、子供は子供の人生があるんじゃない？　甘利先生のお子さんだっ

て、それで責任を感じる必要はないんじゃないかしら。親がどうあろうと、子供は子供で力強く生きていけばいいいだけ」

そう答えたのです。その後、彼の口から出てきた言葉が、

「じつは週刊誌に載ります」

でした。

「女性関係」という一種の安堵

彼が『週刊文春』から不倫について電話で問いただされたのは、私の出産の数日前のことです。

私が入院していて家にいなかったから、ということもあるのでしょうけれど、そのあたりは彼の浅はかなところです。その後も1月30日に京都で密会をしていたとも報道されました。

私が長男を出産するまでの長い陣痛のあいだ彼も一緒にいてくれましたが、じつは心ここにあらずの状態だったのだと思います。

そして、私が出産した2月5日に、再び『週刊文春』から不倫について尋ねられたのです。そのため彼は、東海道新幹線で東京駅に着いたあと、相手の女性に電話をかけました。そのとき、すべての情報を流されると直感的にわかったようなのです。「終わった」と思った宮崎は、私の入院している病院前の道路で、トラックに飛び込んで自殺しようとしたそうです。

でも死にきれなかった彼は、せめて息子の顔を、妻の顔を見たいと思い、病室へ行こうと決意しました。

じつは数日前に私の母に電話をし、週刊誌に掲載されるかもしれないことを話していたそうです。

それを聞いた母はとても冷静に、

「すべてを恵美に話しなさい」

と言いました。

「隠されたり、正直に言わないで、あとからまた他の事実が出てくることを恵美は一番嫌うはず。とにかく全部話しなさい。話せばきっと理解してくれるから」

私の性格をよく知っている母は、問題の解決法、打開策を彼に伝えていたのです。

彼はようやく意を決して病室に入ってきました。

覚悟して病室にきても、やはり言い出しづらかったのでしょう。なにか言いたいのに言えない状況が続き、やっと発した言葉が「週刊誌に載ります」でした。そのときの私の率直な感想は、「ふうん、そうなんだ」というものでした。

でもいったい、どのような内容で週刊誌に載るのだろう。

そのとき私がもっとも恐れたのは、金銭問題や薬物問題といった刑法に抵触することでした。法を犯したら、もう政治家としてはアウトだと思っていたからです。

宮崎は、もともと起業家でした。若者の就職支援をする事業、とくに日本のリーダーとしてこれから活躍していく学生たちの支援が主でした。その事業のなかで、日本中の若者が将来に希望を見出すことができずにいる状況を憂い、国会議員になり、若者が未来への希望を持てる日本にしたいという彼なりの志を立てて、まったく未知だった政治の世界に飛び込んできました。思い入れのあった会社を友人に思い切って譲渡して。

選挙で重要になる〝ジバン（地盤）カンバン（看板）カバン（鞄）〟もないほとんどゼロからのスタートで当選を勝ち取り、国会議員になったのです。

そんな人間が、まだ志半ばの状態で、もし金銭問題で報道されるとしたら私たちの結婚生活そのものが大変なことになる、私たちの家族にも波及するだろうと感じました。

しかし、「……お金ではない」と言って、少しずつ話し始めたのです。

出産したその日に、不倫をしていたという事実を聞けば、普通の女性なら腹立たしさ、怒り、裏切られたという感情が湧くことでしょう。

意外に思われるかもしれませんが、正直、私の場合は、「女性関係か。そっち方面の話か」という一種の安堵に近い感情でした。

私は言いました。

「とりあえず隠さずに、あったことをすべて話して」

週刊誌にどういう記事が載るのかもわかりませんし、外部から事実を知ることが嫌だったからです。あとになってから次々事実が出てくるという状況になると私もかばいきれない。そうなるとむしろ彼への不信感が大きくなってしまうと感じたのです。

本人の口からすべてを聞きたいと思い、洗いざらい話してと言いました。それで、数時間にわたり話を聞いたのです。

やがて朝になり、もうお互いに疲れていたので、少し寝ようということになりましたが、それでも私は眠れませんでした。宮崎も同じでした。

そのとき私は、女性として裏切られたという腹立たしさより、政治家としての彼の立場のほうに思いが向いていました。

育児休業取得宣言をしたのに、それとは真逆の行動をとった言行不一致が、同じ政治家として許せないという怒りのほうが強かったのです。「議員としてなんてことをしてしまったのだ」と。

これはきっと、みなさんの感情とは大きく異なることでしょう。

私と宮崎は2012年の第46回衆議院議員選挙で当選した同期で、同志という感覚が日ごろから強かったのです。

でもそれと同時に、この先の彼はかなり厳しい状況に置かれるはずだ、議員辞職の可能性もあるかもしれない、この難局をどうやって乗り切っていこうか、と思考をめぐらせ続けていました。

私も同じ政治家ですから、選挙で自分の名前を書いて、期待して投票していただいた方たちへの責任の重さをひしひしと感じ、どのようにこの事態を切り抜ければいいか、そんなことばかりを考えていたのです。

とはいえ、そのときの宮崎は、すべてを私に話せる状態ではありませんでした。あまりのパニックで一種の記憶障害を起こしていて、とにかく話の辻褄が合わないのです。明らかに精神に異常をきたしている状態でした。

話を聞いているこちら側は正常ですから、あれ、さっき1分前に言ったことと違う、ということが何度も起きます。

「なんで？　どうして？」

「本当にわからないの？」

「本当に思い出せない？」

そう問いただしました。

どうして自分のやったことが説明できないのだろう。それが私には理解できませんでした。

それでも、彼は彼なりに一生懸命に事実を言おうとしてはいたようなのです。

髪をかきむしり、憔悴し、パニック状態に陥っている人を目の前にし続けていると、だんだん宮崎の置かれている精神状態も理解できるようになり、それ以上は尋ねる気持ちも責める気持ちも、起きなくなっていきました。

議員辞職承認本会議に出席した夫への敬意

私はまず、この状況をどうやって乗り切ればいいかを、宮崎の秘書と冷静に話しました。

問題の記事が掲載される『週刊文春』の発売は、2月10日でした。ただその前に情報が出回っていて、私が宮崎から話を聞いた直後には、病院前に報道陣が大勢集まり、世間はもうかなり騒がしくなっていました。

本人はパニック状態なので、秘書と私で「党はどう言っている?」「派閥はどう守ってくれる?」と相談し続けていました。

生まれたばかりの子供も黄疸が出たりとあまり体調がすぐれず、保育器のなかにいました。産後の女性は身体も心も不安定ですし、子供のことも心配でした。

その一方で、宮崎のことに関してだけはものすごく冷静だったことを、いまでも鮮明に覚えています。

私は、この難局をなんとか乗り切れるのではと一縷《いちる》の望みを持ち続けていましたが、最終的に議員辞職を決断したのは宮崎自身でした。

これほど大きくなった事態を収束させるには、もう辞めるしかないと思ったのでしょう。

彼が「辞職する」と私に話したときは、正直、複雑な気持ちでした。

記者会見は12日に設定されていました。そこで辞職すると本人は言おうとしていたのですが、今度は党からそれを認めてもらえない事態になりました。ひとつでも議席が減ることの痛手はもちろんのこと、辞職議員を出すことは党にとっても責任問題になりかねないからです。

その時点で宮崎への擁護《ようご》の声はひとつもありませんでした。でもその一方で、党からは「辞めるな」という状況も続いていました。

私は記者会見の日の朝、病院をこっそり抜け出して、住まいである議員宿舎へ帰りました。

コメントを求めようとマスコミが大勢病院に押し寄せていたので、まずダミーの車を出して、私は別の車の後部座席の下に隠れて、上から布をかぶせた状態で病院からこっそり出たのです。

その日は早朝から議員宿舎の会議室で彼の後見人である二階派の先生方が、彼を説得していました。

結局、最後は宮崎が先生方に頭を下げ、「辞めさせてください」と頼み込む状況になりました。現場にいた先生のひとりが安倍総理に電話をし、本人の強い意向で辞めたいと言っていると話して、なんとか了承されたのです。

議員宿舎の部屋に宮崎が戻ってきたとき、私は病室から出てきたばかりだったのでベッドで寝ていました。

ベッド脇に来て、「いま正式に辞職を認めてもらいました」と言った瞬間、彼は泣き崩れました。

そのときの彼の心情は、察することしかできません。自分が辞職すると決めたのに、党にはずっと止められていました。それを説得して、本当に辞職することになった。おそらく彼なりに、「本当に自分は辞めることになったんだ」という実感が、初めて湧きおこったのでしょう。

その姿を見た彼の秘書も、声をあげて泣いていました。

あの泣き崩れた宮崎と秘書の姿は、いまも目に焼きついて離れません。

宮崎は経営者からなんの地盤もない、裸一貫の状態で、衆議院選挙に臨みました。もともとの就職支援の仕事のときに知り合い、面倒をみていた学生が、のちに彼の秘書になるのですが、彼も一度は大手建設会社に内定が決まっていたのです。

しかし、宮崎が衆議院議員に立候補を決意すると、彼はその内定を辞退して、「宮崎さんについていきます。僕が絶対に政治家にします」

と言って秘書になり、一緒に激しく険しい選挙を戦い抜いてくれました。

京都という革新系が強く、自民保守系が苦戦する選挙区で政治をまったく知らないふたりが1年9カ月間も一緒に歩き続け、地盤を一から築いて、一回目の選挙ではわずか216票差で当選したのです。

それほどの激戦をくぐり抜け、人生をかけて宮崎についてきてくれたのに、彼の人生も狂わせてしまった。私はそのことがとても気になっていました。

そして苦労してやっと勝ち得た議席を一瞬にしてなくしてしまったことの重みが、同業者である私の心にとても大きくのしかかってもいました。

いまその元秘書はマレーシアでビジネスをしていますが、「またいつか宮崎さんが政治に戻るときがきたら、僕はマレーシアから帰ってきます」と言ってくれています。年齢や立場を超えたふたりの友情や絆は、本当に羨ましいと感じるほどです。

秘書は宮崎の辞任を聞いて嗚咽したあと、ふっと突然、いつもの優秀な秘書の役割へと戻り、そして冷静に言いました。

「宮崎さん、行きますよ」

もう記者会見の時間が目前に迫っていました。

私も議員として最後の姿を見ておきたかったので、宿舎から出るときに彼に議員バッジをつけてあげました。

「洗いざらい嘘偽りなく話しなさい。質問にはすべて回答しなさい」

そう言って送り出したのです。

宮崎には兄がふたりいます。その兄たちと問答集を用意して、記者会見の前夜から謝罪会見のリハーサルを一緒にやっていました。そのときは何を質問してもまともに答えられず、この謝罪会見はえらいことになる、全然ダメだ、これで終わったなと思ったと、義兄たちは話していたそうです。

でも実際に会見を開くと、意外と冷静に話すことができていたので、テレビを観ていた義兄たちも驚いたようでした。実際は頭は真っ白で、問答集のことなど忘れていたようです。メモがわりにファイルも準備していたのですが、ぐるっと報道陣に囲まれていたため、とてもそれを取り出すことなどできない状況で、話した内容もまったく覚えていなかったそうです。すべて本音で話したからこそ、はた目には冷静に話せているように見えたのかもしれません。

宮崎はいまでも毎年、記者会見をした2月12日になると「俺が辞めた日だ」と言います。まるで、自分の命日を確認するような口調で。

その後、16日の衆議院本会議で、正式に辞職となりました。

彼はその本会議にも出席しました。辞職を承認される本会議に出席するというのは政治家としてはきわめてまれなことです。これほどみじめなことはないから、議員は避けるのが普通です。見世物になってこれ以上、傷ついてほしくない。そんな思いから、

「辞めるのを承認される場に、べつに居合わせなくてもいいんじゃない」

と、私も言いました。

しかし、宮崎は最後まで議員としてその場にいるのは議員バッジをつけたものの使命であり、責務だと思っていたのです。なにもないところから国会議員になるまでの苦労の日々と、熱く応援してくださった方々との日々を思い出し、重い責任も感じていたのだと思います。

彼は堂々と本会議場に出向き、辞任が承認されると前を向いて一礼し、その場を

去りました。そして最後、本会議場にも一礼し、出ていく姿を私もテレビで観ていました。

それは、私が宮崎の議員としての姿勢、人として生きる姿勢を改めて知る一シーンとなりました。

もし私が同じ立場だったら、そんな行動は決して取れないだろう、あっぱれ、という思いが心をよぎったのです。

その本会議場でも当然、マスコミから写真は撮られ続けますし、バカだなと軽蔑の眼で見ている議員も大勢いました。それでも出席したのは、ひとえに自分をこの議会へと送り出してくれた地元の京都の方々への懺悔《ざんげ》や責任感からです。

不倫による議員辞職は、憲政史上初といわれたとおり、たとえば自民党を除名になったり除籍にされても、議員として生き残る道もありました。

しかし、宮崎自身が辞職を決めました。「女性とその子育てを助けるために自分は育休を取る、と言っていたのに真逆のことをしてしまった。それはお金にクリーンですと言って選挙に出て、汚職をした人と同じ言行不一致だ。そういうことが政治不信につながるから、自分はバッジを取らないと示しがつかない」と本人は言っていました。

とはいえ、法律に違反する金銭問題で起訴されても、議員を続ける人もたくさんいます。基本的に議員の出処進退は本人に任されていて、次の選挙で有権者が審判をくだすというのが一般的な考え方です。

私は、宮崎もそれでいいのではないかとも思っていましたが、本人の辞めるという意志が強かったのです。それでものちに、議員辞職したことについて後悔を口にすることはありました。支援者や秘書などに迷惑をかけた悔恨《かいこん》の念はもちろん、議員として、政治の世界でやりたいことが彼にはたくさんあったからです。

家族の気持ちをひとつにした父の提案

辞職したあと、議員宿舎での私たちの生活が始まりました。私も出産直後だったので、さまざまな手伝いをするために私の両親が新潟から上京しての同居生活となりました。

その日々は、宮崎にとっては針のむしろだったと思います。

彼にはなにもない。会社も譲渡しているので仕事もありませんでした。住んでいるのは議員宿舎ですから、一歩外に出れば顔を知っている、いままで一緒に仕事をしていた人たちとも会ってしまいます。偶然宿舎で会った元同僚から、

「どこも雇ってくれないと思うけどこれからどうするの？　奥さんに食わせても

らったらいいと思うけど？」

と言われたこともあったそうです。

さらに、少し落ち着いてきたころに外出すれば、週刊誌に「宮崎現れる」と写真が出たりもしました。抱っこヒモで息子を抱えて散歩にでかけたときにカメラのフラッシュを浴び続けたこともありました。

私も産休中だったので家にいましたが、そのあいだは政治のことはいっさい話しませんでした。

私の父が、こんな提案をしていたからです。

「とにかく新しく誕生した子供を中心に、子供のことだけを考えて生活していこう」

もちろん家族それぞれ思うところはさまざまでした。政治家だった父は、政治家である私たちの立場への理解はありつつ、娘を持つ親として当然私のことが心配だったはずです。ふたりいる姉はともに家族への思いが強かったので、「金子家に傷をつけてくれた」という思いがあり、とくに次女の意見は最初から厳しいものでした。

母は、議員の立場もわかってはいるけれど、それでも多少は「なんてことをしてくれたんだ」という思いもあったり、姉と私との板挟みで大変だったようです。地元では人が集まるスーパーや銀行に行くのも嫌だったとのちに聞いたこともあります。

そんな風にバラバラになりかけている家族の気持ちを〝子供〟にすることでこの事態を乗り切ろうと父は考えたのです。

しばらくは子供が、私たち家族全員にとって唯一の希望となりました。子供が少しでもいままでと違うことをすると、「すごい！　見た？」「うわ〜、幸せ」と声をあげ、全員が喜び、過ごしていたのです。

私の父は新潟の月潟村（現新潟市南区）で6期23年にわたり村長を務めたあと、新潟市議会議員となりました。今回の事態でも、みんなの目標をどこに置いて生活していくべきかを早々と定めた父のやり方は、政治家だったゆえに編み出した、きわめてすぐれたリーダーシップの取り方だったといまも思います。事実、私たちはそれに救われたからです。

じつは宮崎は何度も、私の両親に土下座をしようとしました。でも父は、彼がそういう行動をとろうとすると、

「謙介さん、土下座なんてする必要はない。子供を第一に考えて、前だけ向いていけばいいんだ」

そういつもたしなめたのです。

父も政治家です。まったく地盤のないところで一から選挙活動をして国会議員になった宮崎には、同じ政治家として、一種の敬意のようなものを抱いていたのだと思います。だから彼に頭を下げさせたくなかったのです。

「政治家の女性問題なんて、昔だったらいくらでもあったよ」

こうも言っていました。このような騒動があれば、「離婚して、子供を連れて実家に帰ってこい」と言われても仕方ないのではと思います。でも幸い、私の両親が最初に彼を許し、受け入れてくれたことが、宮崎にとってはもちろん、私にとっても救いでした。両親と彼の板挟みにならずにすんだからです。

子供のこと以外にも、ささやかな楽しみ、ささやかな幸せを一生懸命つくろうと、家族全員があらゆるところで努力をしていました。

2月23日は結婚記念日で、その数日後の27日は私の誕生日でした。

私がアニバーサリーを祝うのが好きなことを宮崎は知っていたので、彼なりに企画して、よく通っていた焼肉屋さんから、お肉などを取り寄せてくれて、家族でささやかなパーティを楽しみました。

それでも宮崎は精神的にはいつも不安定で、目の離せない状況が続きました。私の両親が彼を励ましていたので、落ちていた気持ちを立て直せるときもありましたが、依然として安定しない状態が続いていました。ともすると議員宿舎から飛び降りるのではないかと心配になる様子のときもあったので、誰かが彼を見ていなければならない状況でした。

突然、これまでは一度も見たことがなかった瞑想を始めたこともありました。精神安定には禅や瞑想が良いと教わったそうなのですが、真っ暗ななかで手と足を組み、お香のようなものを焚《た》くので、大丈夫かなと心から心配したものです。

その時期は、宮崎が誰かと電話をしていると、私にはめずらしいことですが、「誰と話していたの?」と聞いたこともありました。彼は性格的にある意味、純粋すぎるところがあって、人を信用しすぎる傾向があるので、「なんでもかんでも人に話したらだめなんだよ」とそばで言わなければならないこともあったのです。実際、宮崎が連絡をしてきたと話を誇張したり、脚色された形で翌週の週刊誌に載っていることも多々ありました。誘導尋問にまんまとひっかかったこともありました。

騒動のあとは、一気に周囲の人が引いていくのを、私はまざまざと感じました。宮崎の育休などの勉強会に出席していた人たちも、同期もそうでした。状況がいいときはみな寄ってくるけれど、悪くなるとみな去っていく。政治家だった父が引退したときも同じだったので、私は政治家と周囲の関係とはそんなものだと実感してはいましたが、やはり心にこたえるものがありました。

そんな状況のなか、彼が企業の経営コンサルティングの仕事を再開したのは、4月のことです。仕事を始めると、そちらに集中しようと本人も考えたのか、飛び降りて自殺する心配からは少し解放されました。それでも顔面麻痺は残り、1年ほどは続いたと思います。

仕事を始めたとはいえ、外に出るとカメラマンに姿を撮られてしまうので、閉じこもっている状況には変わりありませんでした。

そのころは、海外に逃亡したという説も出ました。しつこく取材を申し入れてくる記者に対しある議員が「宮崎とコンタクトがとれません」と、彼のためを思って答えたことが、海外逃亡にすり替わっていたのです。

悪意のある人から、「またみんなで飲みにいってパーッと盛り上がろうよ」という誘いを受けて「……そうだね」と答えたことが「宮崎、合コンしたい」という見出しになったこともあります。先述の誘導尋問にひっかかってしまった件のひとつですが、そこから派生して、実際に彼が京都で合コンしたという報道すらありました。

議員宿舎から出られないのに、合コンなんてできるはずがない。そういう明らかに間違っている報道に関しては、もうふたりで笑うしかありませんでした。

ただ、外部から余計な情報が入りすぎると、多少なりとも気持ちが揺らぐことはあり、おだやかな精神状態を保つためにもそれらを遮断することも大切と決めて、インターネットやSNS、テレビのワイドショーなどは途中から見なくなりました。

結果、いつのまにか全く気にならなくなりました。

ただ、宮崎という人間を知らない、宮崎の政治家としての実績も知らない人が、よくここまで好き勝手に書けるな、言えるなということは思いました。無責任、無記名だからできることです。あまりにも事実と違うことが多かったので、それにより私の宮崎への思いが揺らぐようなことは1ミリもありませんでした。

しかし、本人はつらかったと思います。週刊誌に出たあとに、テレビやネット、SNSでまた新たに批判が膨張し、展開されていくからです。

事実ではなくても、報道されるとそれが〝事実〟になってしまう。メディアやSNSの力はすごいなと、改めてその影響力を痛感しました。

とはいえ、なかには本当に心配してくださった方たちもいました。とくに宮崎の選挙区の京都の方たちです。

豊臣秀吉の「醍醐の花見」で有名な醍醐寺のお坊さんも、いつも気にかけて連絡をくださっていたひとりです。

議員のときには毎年、醍醐の桜を見にいっていたのに、今年は京都に足を運べないだろうからと、突然、宿舎に箱が送られてきたのです。なかには醍醐の桜の鉢植えと手紙が入っていました。

「今年は京都に来られるのは難しいと推察いたします。ですので、醍醐の桜の鉢植えを送ります。桜を見て京都を思い出してください。これから新潟に行かれるとのことですので、この鉢植えを奥様の新潟の実家にぜひ植えてください。この鉢植えは必ず大地に根づきます。宮崎さんもしっかりと再び根を張って、ゼロからやり直して頑張ってください」

この手紙を読んで家族中が涙を流しました。

その桜はいまではしっかり大地に根を張っています。2020年の春も母から、その醍醐の桜の写真が届きました。

―第2章―

許すということ

～子供、夫婦、家族～

政治家の10年間に育った特別な価値観

なぜ、過ちを犯した夫と別れずにやり直すことができたのか。

人にそう聞かれるたびに、私も自分自身の心のうちを見つめ直すことが多くありました。

振り返ると、宮崎が不安定な時期はとにかく、

「私がこの人を守らなければいけない」

という思いが強く私の心を支配していました。

記者会見で彼は、

「心から反省してよい父親になりたい」

「父親として恥じない生き方をしたい」

「父として生まれ変わりたい」

と語りました。一番心に残っているのは、会見の最後の、

「生まれてくる子供は親を選べないけど、親は子供のために変わることができる」

という言葉でした。

そして最後の本会議場で辞任するときの対応や禊《みそぎ》の済ませ方といった彼なりの誠意を、私はひとつひとつの場面で見てきました。

こういう苦境のときこそ人としての真価が問われるのではないかと、個人的には思います。

ミルクやおむつ替えを担当してくれることはもちろん、なによりも息子に誇れる父親としての背中を見せなければ、という思いで起業のための行動を始めるなど、日々の態度を見るなかで「心から反省して息子に恥じない生き方をする」という宮

崎の想いを感じることができたから、私は許すことができたのです。

また、辞職して2~3週間後くらいから、彼は日記を書き始めました。私も仕事に復帰し、新潟の地元で仕事をすることも増えてきました。日記の内容は、私が不在のときに息子と自分は何をしていたかなど些細なことで、1日1~2ページくらいのものです。ただ、「○○な君へ」とか「○○な妻へ」など、日記に必ずつけるタイトルやサブタイトルがユニークで、初めて私に会ったときのことや、新幹線に乗っている私のことを想像していたりと、そんなふとしたことも綴っていました。思わずぷっと吹き出しながらも、内容は涙が出るような日記でした。

その日記を毎日読んでいると、日によって不安定な彼の心の波が、文字の筆跡や分量からすぐわかるのです。心から書いている日記であり反省文だと思いました。彼の記したひと言ひと言が、私の心にとても刺さったのです。

もうひとつ、彼を許せた理由は、私が政治家だったことも大きいと思います。

私は議員のときにさまざまな人に会い、さまざまな人の話を聞く機会に恵まれました。そしてその生い立ちや成長した環境によって、人の考え方というのはまったく異なるということを知り、また、ひとつの出来事にもさまざまな見方、視点がある、ということを知ったのです。

私も政治家になる前は、自分の考えや固定観念というものに囚われていましたが、次第に柔軟になったと思います。

たとえばあるものごとに対して、

「絶対に許せない」

という人がいることは知っていますし、許せない価値観があることも理解できます。しかし、いまの私は逆に、

「絶対というものは本当にあるのか」

と感じるのです。それは、政治家である10年のあいだに育ててもらった感覚です。

つまりは、多様性ということです。

女性のなかには、夫の浮気を絶対に許せない方もいらっしゃると思います。生理的に同じ空気も吸いたくないという人もいるでしょう。事実、それで離婚する方も少なくありません。

でも、私は思います。完全、完璧というのは、誰にとっても不可能です。それは私だって同じです。

宮崎は浮気をしたけれど、反省し、生き方を変えると言ってくれました。彼は結婚しようと私が選んだ相手であり、そもそも人は誰しも完璧ではないのだから、私自身は彼を信じ、許し、守って、一緒に歩んでいこうと決めたのです。

それから、私を母親にさせてくれたことへの感謝があったのも事実です。

私はもともと結婚や出産に関して「○歳までに」など、具体的な願望はまったくありませんでした。「絶対に結婚したくない」ということはなかったのですが、ぼんやりと「いつかできるかな」くらいの願望だったのです。結婚や出産よりも、そのときやるべき仕事を最優先にしている、どちらかといえばキャリア志向でした。

そんな私がある種、宮崎に押し切られるように一緒になりました。もし彼に逢わなければ、結婚すらしなかったかもしれないと、いまも思います。

その結果、息子を授かり、母親になれた。母親になるということが、これほど幸せだとは、仕事だけに邁進してきた私には想像もつきませんでした。

この人がいたから、これほどの幸福を与えてもらえた。そう思うと、親にさせてくれてありがとうという気持ちでいっぱいになるのです。

私自身はそうやって彼とまた人生を歩んでいこうと決めたのですが、そういった私の考え方や価値観はやはり間違っているのかと心が揺らぐほど、当時の周囲の反応は厳しいものでした。

とりわけ議員の私を応援してきてくださった支援者の方たちが否定的で、これは本当につらいものでした。

支援者の方がこれほど反対するのに自分の思いを貫くのは申し訳ない、やはり私の決断は間違っているのかと、自らに何度も何度も問うたほどです。

でも最後はもう開き直りというか、割り切って、

「いつか私が宮崎と離婚をしなかった理由がみなさんにわかるときが来ます」

と言い切ってしまいました。

本当は支援者の方々に言ってはいけない言葉だったのかもしれません。みなさんの気持ちを理解できなければいけなかったのかとも思います。

しかし、その余裕すら持てないほどの批判や批難が渦巻いていたのです。私たち家族のなかでは解決しているのに、周囲から反対されてどうすればいいのかと、途方に暮れる日々でした。

驚かれるかもしれませんが、宮崎が仕事を再開するまで、外界と断絶していた4月までの2カ月間は、私にとっては楽しい時期でもありました。

もう周囲の目などは関係なく、彼と生きていければいいかなと、そう思えたのです。彼と子供と両親と一緒ならいい、この世界だけで十分だ、と。

こういうと誤解を与えるかもしれないのですが、私は、周囲から見ればあまり大きな挫折のない、不幸とは無縁の人生とみられてきたのではと思います。

でもじつは、小さいころから優秀で快活な姉ふたりに比べて、学力も劣り、性格も人見知りだったため、ずっと劣等感を抱えていました。コンプレックスの塊で、そのために完璧でいたいと虚勢を張って生きてきたところもありました。

議員として活躍している姿、さらには宮崎との結婚の様子などをテレビで観ている友人や知人たちからは、華々しいと思われていたところも事実、あったでしょう。

しかし、このスキャンダルで周囲が持っていた〝政治家・金子恵美像〟というものが崩れ落ちました。

でもその瞬間に、私はむしろ楽になったというのでしょうか。もう全部さらけ出そう、周囲にどう思われてもいい、という気持ちになったのです。すべてを失っても、もっと守りたいものがあると感じられたのです。

それが宮崎であり、息子であり、家族でした。

この時期は、家族とはどういうものかを私が初めて実感した日々だったのです。決して簡単には乗り越えられない苦難、想像もつかないような難局が、人生のなかでは起きるかもしれません。たとえば突然、仕事を失うことや大きな事故にあうことがあるかもしれない。

そういったさまざまなことが起こりうるなかで、ひとりでは圧倒的に耐えられないことも一緒に乗り越えられるのが家族なのではないか、と感じたのです。

おこがましいかもしれませんが、宮崎も私がいたことで不倫問題を乗り越えられたと思います。逆に私も、のちに選挙に落選したときも、私の父が去年亡くなったときもつらかったのですが、彼がいたから乗り越えられました。

それはほかでもない、私自身が見つけ、育て、新しく築いた家族です。

私自身の人生にとって真に大事なものはなにかという価値観を、逆にこの苦難のなかで発見することができた。だから、宿舎の閉じられた空間で過ごした2カ月間は、私にとっては楽しくて、なんだか幸せですらあったのです。

恋愛対象ではなかった夫

宮崎と初めて出会ったのは、衆議院議員として初当選した2012年のことです。そのときは民主党政権への国民の不信が爆発し、自民党の政権交代へとつながった歴史的な選挙であり、119人の新人議員が誕生しました。私たちはそのときに初当選した、いわゆる「安倍チルドレン」です。

知り合ったきっかけは、初登院のオリエンテーションのときで、そのときから宮崎は私を見て気になっていたらしいのです。

「自民党新潟4区の金子恵美という人だ」と聞いた宮崎は、同じく新潟県選出の議員に、私のことを紹介してほしいと頼んだそうです。

正直、宮崎の第一印象はほとんど私のなかに残りませんでした。彼は188センチの長身で、目立っていたのではとよくいわれるのですが、私の記憶に残る存在ではありませんでした。

私は、細くて色白の男性が好きなタイプだったので、身体全体が大きくて、屈強な感じの彼のことはどちらかといえば苦手なタイプだなと思っていました。

ただ同じ二階派に所属することになり、また早稲田大学の後輩ということもあって、一緒に活動していくと、ほかの議員と宮崎はなにか違うと感じ始めました。議員然としていない感じで、全身にまとっている空気感もほかの人とはまったく違っていました。

たとえば地方議員を経験して国会議員になる人たちは、まず先輩議員を立てることを重視します。これはもちろん大切なことのひとつです。でも、彼は違った。先輩に対しても普通は言葉に窮するというか、ここは言わないでおこうと思うことでも、ズバッと発言してしまうのです。

当時、英語教育を推進する気運が高まっているなかで、社内公用語を英語にしていた楽天が自民党の勉強会でプレゼンしたことがありました。一部の部署で導入をしている実態について、三木谷浩史さんや先輩議員が大勢いるなかでも、

「導入されている部署があるなかで、その部署がどれくらい成果をあげるようになったのかを具体的に教えてほしい。それを示していただかないと英語公用語の取り組みが、ただのパフォーマンスだととらえられてしまうおそれもあるのではないでしょうか？」

そんな趣旨の質問をしていました。

相手で立場を変えるのではなく、誰の前でも堂々としている姿が新鮮に映りました。

なかでも決定的に私自身が敵わないと感じたのは、先輩議員の懐にざくっとわけ入っていくその突破力です。それはものすごい破壊力で、羨ましいとすら感じるほどでした。

119人同期がいたのですが、彼以外の、私も含めた118人全員が「いやいや、それはできないだろう」ということを堂々とやってのけるのです。

菅義偉《すがよしひで》内閣官房長官に対しての行動もそうでした。

なにか政策立案や勉強会で困ったことがあると、

「ちょっと菅先生のところに行って、お茶飲みながら話してくる」

「え？　失礼だよ。さすがにそんなに簡単に会っていただけないんじゃない？」

同期はみな諭します。でも、なぜか宮崎は受け入れてもらえるのです。先輩の懐に飛び込み、上の人が「こいつ、生意気だな」とならない絶妙なところで、かわいがられるところがあったのです。

菅長官が私たちの結婚式のスピーチで、「みな少し敷居が高いと思って、なかなか官邸には来ないのですが、宮崎君はよく訪ねてきてくれる。なんとなく彼とは馬が合うんだ」と言ってくださり、安堵した覚えがあります。

宮崎のもともとの職業は人材関係で、おもに学生たちの就職支援でした。当時、彼が支援した人たちがいま各分野で大変に活躍していて、そのうえ「兄貴」といっていまだに彼を慕ってくれています。だから上下問わず、人間関係を築き、人を巻き込むのは上手なのでしょう。

2012年12月に当選して出会って、初めはメールでやり取りしていましたが、そのうち実際に会って話をするようになりました。

週末はそれぞれ京都と新潟の地元に帰り活動し、そして最終近くの便で深夜に東京に戻ってきます。帰京後、深夜も開いている居酒屋に行って、地元でのことなどを話すのです。

そうしているうちに2013年の2月ころには、すでに交際が始まりました。そして、5月の連休には、プロポーズされました。もちろん、このタイミングでの結婚は早すぎるので、次の選挙でもう一度勝ち、2期生になれたら、そのあとで考えようとそのときは答えました。ふたりともそれで納得していました。

宮崎とは、つきあっている彼氏というよりはパートナー、同志という意識がいつも強くありました。議員として、お互い次の選挙も乗り切っていかなければいけません。

ときに支えあい、ときに慰めあい、嫌なことがあったら愚痴を言ったりという関係でした。彼がいたことで、私はかなり救われたところがありました。私たちがつき合っていることは同僚も派閥の方もみな知っていて、オープンな関係だったのです。

２０１４年12月の第47回衆議院議員総選挙で、ともに2回目の当選を果たしました。そのころから、結婚できればしようという雰囲気になっていきました。

私たちは結婚を２０１５年5月19日に公表しました。長男が生まれたのが２０１６年2月5日だったので、「できちゃった婚」だと報道もされましたが、じつは、その前に結婚していたのです。

結婚届を出したのは２０１５年2月23日。ちょうどそのころは、当時の農林水産大臣の献金問題があり、まさに私たちが届けを出した2月23日に辞任することになったのです。大臣は同じ二階派だったので、浮かれたことを発表するわけにはいかないと先送りにし、統一地方選挙のあとの5月に結婚報告することになったのでした。

前述のように、私はもともと結婚願望がほとんどなかったので、宮崎でなければ結婚していなかったと思います。

不思議というか、あれよあれよと、宮崎のペースに巻き込まれた感はありますが、いまは結婚して本当によかったと感じています。

新婚当初は、生活のほとんどが政治家としての活動で占められていました。ふたりとも東京・赤坂の議員宿舎にいましたが、議員ごとに部屋が割り当てられているので別々のところに住んでいました。そして週末も、それぞれ新潟と京都で過ごすことが多かったのです。

当時、私はそれくらいがちょうどよい距離感だと感じていました。会えないあいだは仕事に集中して、一緒にいるときはお互いに支え合えていると実感できましたから。

料理はそのころも、いまも、基本的に宮崎がやってくれています。食事は外で食べるか、宮崎が手際よくごはんを作ってくれるかのどちらかです。彼のほうが料理は断然得意だからです。洗濯は私が、掃除はそれぞれが担当しています。

議員は多忙で、仕事と家庭の両立が非常に難しいため、議員同士の結婚というのは、あまりうまくいかないケースのほうが多いのです。

しかし、私はそれを変えたいと思っていました。

私たち女性議員が仕事と家庭の両立をし、働き続けることをモデルとして示せれば、と考えていたのです。でも政治の世界はまだまだ男性中心で、男性の発想で動いているところがあり、結局本人の意識だけでは無理だというところは正直、ありました。

私も当時は両立していたつもりでしたが、いま振り返るとほとんどできていなかったように思います。

夫の「育児休業取得宣言」問題

政治では、結果はもちろんのこと、同じくらいプロセスが重視されています。たとえば国家予算は、毎年あまり変化のない予算配分と額になります。もしそこで変化を起こしたいと思ったら、手続きや段取り、根回しをしっかりやる必要があり、相当な労力や手間がかかるためです。

しかし宮崎は企業経営者から政治の世界に入ったので、スピード感を大切にしていました。経営者というのは結果がすべてであり、成果を出さなければ次の契約はない、という世界です。だからその感覚で、宮崎は政治をやっていたのです。

つまりは結果が大事で、手続きや段取りなどのプロセスはそれほど重視しないという考え方です。

そのやり方は確かに破壊力はありますが、あまりに純粋に自分の思いのまま行動に移してしまうので、心配なときも少なからずありました。いいほうに転べばいいけれど、それが裏目に出ると、慎重さを欠く結果になってしまうからです。

宮崎の行動力を羨ましいとは思いつつ、少し恐さも感じながら私は過ごしていたのです。

やがてその心配が、的中します。

宮崎が「育児休業取得宣言」をしたのは、2015年12月のことでした。

「女性もふくめて一億総活躍のために、国会議員という立場で、男性の育児への参加を推進します」

これには同じ自民党内でも賛否両論の声が沸き起こりました。

誰に相談をすることもなく、マスコミを通じて発表したことを、党の一部の議員からはうとましく思われていました。普通は何度も根回しして、政策勉強会を立ち上げてと、少しずつ進めていくのが政治の世界のいわば常識です。

しかし彼はもともと経営者ですから、自分の思ったことをずばりと言うし、スピード感を大切にします。

まだ政治の世界に入って2期目の議員が、マスコミや世間に〝イクメン議員〟として大きく注目を集めた結果、「子供を使った売名行為でしょ?」と揶揄《やゆ》する声まで党内では聞かれました。

その一方で、菅官房長官などは、

「党派を超えて、育休の議員立法を考えてみればいい」

と、前向きにとらえてくださっていました。

なぜ宮崎は、育休を取ると宣言したのか。

それは私がまだ妊娠を公には言えなかった妊娠初期に一度、流産しかけたことと無関係ではないと思います。

その私の様子を見た彼は、妊娠と出産というのは女性の人生にとって大ごとだと感じたのです。

私自身も、彼が有休などを使って、育休らしきものを取ってくれるものと思っていました。議員であるとかないとか、そういったこととは関係なく、自分の夫なら取ってくれて当然と思っていたのです。

なぜなら私がまだ地方議員のときから、男性の育休の取得率が上がらない状況を見て、それを促していた側だったからです。だから私も、男性の育休については折に触れて、いつも彼に話していました。

私が妊娠し、切迫流産の恐れが出たあと、自分が親になるということで、彼なりに少しずつ勉強を始めていました。議員の仕事があり父親学級にはいけなかったものの、多くの男性と同じように、育休や保育サービスの内容、また切迫流産などについてもほとんどわかっていなかったので、妊娠や出産に関することなど、国会図書館にいって文献を調べたりし始めたのです。

もともと彼にとっては専門分野ではないので、資料を集め勉強するなかで、女性が仕事を続けるためには、男性のサポートが必要不可欠だと思ったのでしょう。

ましてや安倍政権は女性の活躍を重要政策として掲げています。経済政策である女性の活躍、それから日本という国にとって大命題の福祉政策である少子化問題、人口減少問題を同時に解決するためには、男性のサポートが必須だと考えたのです。

スピード最優先の人ですから、それならもう自分が先頭を切ってやろうとしました。

それでも、マスコミの前で育休宣言をする前には、当時の厚生労働大臣や周囲の人にあらかじめ相談はしていたようです。

そのときは、「ぜひやりなさい」と言っていただいていました。菅官房長官もそのおひとりです。

それで本人は勉強会を立ち上げて、若手議員たちと議論を始めました。

しかもこの類の政策はどちらかというとリベラル系の政策分野であり、保守の自民党はあまり本腰を入れてこなかった分野です。

そういったこともあって、党内で権力を持っている上の方たちなど多くの人が、

「なんだ、あの生意気な男は。尖ったことをしているやつがいるな」

「目立ったことをやっている宮崎というやつがいるぞ」

と、だんだんと雲行きが怪しくなってきたのです。一方で、マスコミの方々には注目されるという状況になってきました。

それでも当時は、マスコミもまだ賛否でいえば否のほうが多かったと思います。

彼なりに一生懸命、男性の育児休業の大切さを訴えていたので、12月23日の私たちの結婚式に、ぶら下がり取材を受けることになりました。

私はすでに妊娠8カ月。おなかが大きい状態でした。

安倍総理、菅官房長官はじめ多くのみなさんに結婚式に出席していただいていたので、会場などもマスコミは知っていて、たくさん押しかけていたのです。

あえてぶら下がり取材を受けたのは、彼なりに正しく自分の考えている育休のことが伝わっていないという思いがあったからです。

彼が育休宣言をしたとき、ただ休暇が欲しいというふうに解釈されて、「議員が休むとはなにごとだ」と言われました。

それこそ政治家は支持者や国のために24時間365日働き続けなければならない、という意識がまだ強いなかで、育休の本来の目的や意味とは違うところで、議論が独り歩きしてしまっていました。

「自分が育休を宣言したのは、女性議員にすらない育休を取れるように衆議院規則に入れたいという思いで始めたものだ。女性自身は主張しづらいだろうから、むしろ男性側からいったほうがいいだろう」

こういう思いも彼のなかにはあったのです。事実、育休を取りたいのに取れないという男性たちの声もたくさん届いていましたし、育休推進の団体の人たちからも、与党からこういった政策があがるのは素晴らしいと応援されていました。

自分がぶら下がり取材を受けて、直接語ることで、説明をしたかったのです。

まさかその映像が、のちの不倫騒動のときに何回も使われることになるとは、そのときは思いもしませんでしたが……。

政務官としてのキャリア

一連の騒動のあと、私自身は2月に出産して、2カ月後の4月には議員として復帰しました。正直、騒動や問題を起こした議員という見られ方をしているなと、国会を歩きながら感じました。

そんな状況でありながら、8月に総務大臣政務官に選んでいただきました。ちょうど新潟に帰ろうと東京駅にいたときに、携帯が鳴ったのです。菅官房長官からの電話でした。

「政務官をお願いするから」

こんな単刀直入な頼まれ方なのか、と少し驚いたのを覚えています。

あれほど大きな騒動を起こしたのに私が政務官に選ばれるのは、政権内に女性を一定数入れなければいけないからだとか、女性枠があるからだ、という見方もされていました。

それが悔しかったので、仕事でしっかり期待に応えていかなければと、私なりに精一杯頑張ろうと決意したのです。

その後、総務省の政務官になることがわかりました。私は地方議員から国会議員になったので、地方自治を任されるのかなと思いましたが、実際は情報通信分野でした。情報通信技術（ＩＣＴ）や放送、郵政などの担当です。

私にとってやや専門ではない分野だったので、なぜ私に、と正直思いましたが、それからというもの必死に勉強しました。

放送分野では、日本の放送コンテンツを海外へ輸出する取り組みのお手伝いをしました。在京キー局や地方局が、世界に向けて地元の魅力を紹介する番組づくりへの補助を行ったり、災害時に役立つケーブルテレビを普及させたりすることがおもな仕事でした。

郵政で印象に残っているのは、早く正確に届く日本の郵便システムを、途上国へ輸出促進する業務に関わったことです。ミャンマーを訪れて、一日郵便局長として日本のシステムを説明したりもしました。

あるとき、銀座の回転寿司へ行くと、アジア系の職人さんがお寿司を握っていました。その方に「ありがとうございます。郵便のシステムを日本から持ってきてくれた方ですよね」と言われて、びっくりした覚えがあります。彼の母国であるミャンマーでは当時、大きなニュースとしてテレビで報道されていて私のことを覚えていたらしいのです。

総務大臣政務官として働いた1年は、私の議員人生のなかでも大変に充実した日々でした。さまざまな経験のほかに、総務省という組織で大臣、副大臣とともにトップ3のひとりとして役割を担う責任の重さを感じながらの、非常に有意義な時間でした。

悔いなき最後の選挙と落選

２０１７年10月の第48回衆議院議員総選挙で、私は落選しました。

私の新潟４区は野党が一丸となって無所属の相手候補を推していました。野党共闘になってしまうと日本全国で自民党が勝つことが難しい選挙区も多くあります。自民党支持の得票数をどれだけ集めても、どんなに頑張っても、票数では勝てないという状況になります。なので私の選挙区で野党共闘の構図が出来上がった瞬間に極めて厳しい選挙となったのです。

勝てる可能性は低くてもぶつかり、戦うしかないという状態でした。だから、もう私の好きなように選挙活動をやろうと、吹っ切れていたところもありました。

子供が生まれて初めての選挙だったので、子育ての大変さを日々身をもって感じている私が、本当の意味での女性政策を訴えるという姿勢を貫きました。

しかし、そうやって子育て世代に訴えてばかりいると、今度は高齢者の方たちに、「若い人のことしか考えてない。我々の年金のことをどうしてくれるんだ」と言われてしまいます。

選挙活動をしているあいだずっと、高齢者の方々の反応がよくないというのは感じていました。私自身は間違ってないと思っていましたが、どこか空回りをしているなという感じはつねにあったのです。

そのあたりはもうこちら側が割り切って戦うしかない、子育て支援について本当の意識改革をしたいと思い、活動を続けました。

選挙カーも地方にしてはめずらしい、小池百合子都知事も使っていたガラス張りの「金魚鉢」と呼ばれる車でやりました。

女性が政治に参加する選挙のイメージにふさわしいと思って使ったのですが、地元の旧態依然とした方たちからは浮ついていると、激しい批判や反発がありました。それでも、たとえ周囲が望んでいなくても、最後まで自分のやり方を貫こう、これで負けたらしょうがないと、覚悟を決めていました。それで変わらなければまだ私の力不足ということだ、と。

そして落選したのです。

候補者は通常、選挙の開票前は、選挙事務所以外のところにいます。結果が判明するまで、支持者や支援者に動揺を見せてはいけないという理由もあるそうです。

投票日、私は近くの旅館にいました。野党支持の票を積み上げたら絶対勝てないのはわかっているのですが、どこかでもしかしたら私の政策を新しい試み、新しい風だと思ってくれる人たちがいるのではないかという一縷《いちる》の望みにかけて、当落選の電話を待っていました。

私が初めて政治の世界に足を踏み入れたのはそれより10年前の２００７年2月、29歳のときのことです。

父は23年間、新潟県西蒲原《かんばら》郡月潟村の村長を務めていました。２００５年3月に新潟市と合併し、それにより父は、月潟村村長を失職し新潟市議会議員となったのです。

合併からの2年間は市議を務めましたが、そのあとの統一地方選挙には出馬しない意向を固めていました。それを私が継ぐかどうか、という話し合いが家族のなかで行われていたのです。

そうしたなか、突如私が父のあとを継いで選挙に出ると新聞で報道されてしまいました。

父の後援会の方たちにとっては、自分たちになんの相談もなく娘の出馬を決めることは、義理を欠いた行動に映ったのでしょう。

父のもともとの支援者の方に父が挨拶に行っても、「応援はできない」と言われ、その心労で父は10キロも痩せてしまいました。

私は、本来なら前職だった父の地盤を引き継いで選挙を戦えるはずでしたが、そういった行き違いにより、ゼロからの、いやマイナスからのスタートになってしまったのです。

私が出馬する新潟市南区は3人の議席枠に10人が立候補するという大混戦の選挙となりました。うち5人が現職、そして私以外の候補者は全員50～60代の男性でした。

無名の私のことを知っていただくために、立候補を決めた2月2日から、国道8号線沿いを中心に辻立ちをしました。初日は、父も一緒に来てくれました。私が演説をする横で「今、新風を！」と書いてあるノボリを雪と風が吹きすさぶなか、父が持ってくれたのです。

「村長さん」と言われて、人々の尊敬を集めていた父が、私のために応援者や聴衆のひとりもいないなか、ノボリを持ち続けたのです。その姿を見て、母は「涙が出た」と言っていました。

そのときは私も夢中でしたが、いま振り返ると父には本当に申し訳ないことをしたと思うと同時に、感謝の気持ちでいっぱいになります。

私はこうして毎日朝夕、投開票前日の4月7日まで、2カ月間にわたり辻立ちを続け、政策を書いたチラシをポストに入れ続けました。開票当日、私なりに精一杯戦ったとはいえ、やはり当選は難しいだろうと思っていました。しかし結果的に、4244票を獲得してトップ当選を果たしたのです。

「朝も夕方も、風雨でも立ち続けて演説をしている女性がいる」

「この地域から女性議員が出るのは、未来への希望になる」

選挙区ではそう言われていたらしいのです。私が訴えたのは、「女性や若者の声を市政に」というものでした。声なき声を議会に反映したいと思っていたのです。

心から自分の政策を訴えれば、どこかで見ていてくれる人がいるのだと、そう実感した選挙でもありました。

初当選時の奇跡の記憶が、私の心のなかにまだ残っていました。私の、真の女性たちのための政策を支持してくれる人がいるかもしれない、と。

しかし、開票がはじまってまもなくの20時ころには、早くも落選が決まりました。電話が鳴って、落選したと聞いた瞬間は少し手も震えましたし、ああ、本当に終わったんだと感じました。

いまでもあの審判がくだった瞬間の電話のことは忘れません。でもそれと同時に、なんだかすごくスッキリしてしまったのです。

とにかく事務所のスタッフや支援者の方々が待っているところに行かなければいけないので、電話を切ってすぐ会場に向かいました。

支援者の方と宮崎と3人で車に乗りました。これはあとから聞いたことですが、その車のなかで私はとても冷静にメイク直しをしながら微笑んですらいたらしいのです。これから敗戦の弁を述べるというのに。

運転していたのは宮崎で、私が助手席にいたのですが「あのときの金子さんはものすごく冷静だった」と、後部座席にいた支援者の方がおっしゃっていました。そのあと会場に着くと、

「じゃあ、行ってくるね。敗戦の弁を述べてくる」

サバサバした雰囲気で出ていったそうです。

それとは対象的に、私が車を降りたあと、運転席にいた宮崎は大号泣したといいます。

運転席でハンドルを握ったまま、わんわんと声をあげて泣いた、と。「彼女は政治に多くの志を立てて議員になったはずなのに、自分のせいで負けさせてしまった」、

そう彼は感じていたのです。

「もう、どう声をかけていいかわからないくらいに泣いていたよ」

支援者の方がのちにそう話してくださいました。

宮崎も元政治家ですし、野党共闘の候補者が順当に票を重ねれば厳しい、負けるというのはわかっていたはずです。それは私も同じです。

しかしニュースでは、やはり夫の騒動の影響で負けたと報道されました。宮崎の責任とされたことで、彼はその十字架を背負うことになってしまった。もともと勝つことの難しい選挙だったのに、いまだにそう言われることが私にとってはとても不本意なのです。

そして会場に入り、私は敗戦の弁を述べました。

「みなさんのご支援をいただいて、ここまで戦ってきましたが、すべては私の不徳の致すところです。力不足で、本当に申し訳ありませんでした」

これは、いわば敗戦の弁の常套句ではありました。

ただ、そのときの私の雰囲気は吹っ切れた、サバサバしたものでした。私は、私なりに精一杯戦った、でもそれで有権者から必要とされないのであればもう政治に未練はないと感じていたからです。

普通は泣き崩れるかのようにマイクを持ち、たとえ同じ言葉でも震えながら言ったり、「次回こそは」と再起を誓うものですが、私は泣いてすらいませんでした。

当時、私のこの敗戦の弁は大変不評でした。翌日、事務所で支援者だった若い男性からも、「金子さんを信じてついてきたのに、あんな敗戦の弁は、史上まれにみる最低最悪のものでした」と、面と向かって言われました。

「ここまで応援してくれたことには本当に感謝します。でも、これが私の生き様です。それが支持されないのであれば仕方ありません」

私はそう答えました。よく言えば潔い、悪く言えば薄情な終わり方だったのかもしれないと、いまになっては思います。

私がそこまでスッキリと潔い気分になったのには、いくつかの理由があります。市議会議員からスタートして10年、政治家として私なりに成果を出せたなかで、その実績への評価がこれであるなら仕方ない、それが不十分だったということだろうと感じたのがそのひとつです。


そしてもうひとつは、お金の問題です。

政治とお金の問題というのはいまだに続いていて、とくに私の地元では、それが色濃く残っていました。

父の生家は、米穀集荷、肥料や飼料、食品などを販売する商売をやっていて、祖父がまず村長になり、そのあとを父が継ぎました。父は東京で証券会社に勤めて、その後は実家の会社経営もしていましたが、36歳のときに初めて村長選挙に出馬しました。

父はクリーンな政治家でありたいと考え、地元に残る政治とお金の問題と戦ってきたひとりでした。

私も旧態依然とした政治を変えたいと思って活動していましたが、でも、「お金を配らないなら選挙のときは動かない」「応援しないよ」と任期中からずっと言われたのです。

とはいえ、それは私の政治家としての譲れないポリシーだったので、たとえ負けると言われても、応援しないと言われても、必要以上のお金は出さなかったのです。この体制や意識が変わらないなら、いまの政治に私はもう興味がない、と考えていました。

さらには宮崎の問題で応援しないという方もいました。でもそれも私が大切にしている夫、家族というものを理解してもらえないなら仕方ない、私は守るべきものを守ると、そう考えたのです。

公用車のベビーカー問題もずっと私の心に引っかかっていました。私が総務大臣政務官のとき、公用車に息子を乗せて保育園に送ったことが問題だという記事が、週刊誌に載りました。

保育園は議員会館のなかにあります。大半は宮崎が車で送るか、私か母がベビーカーを押して歩いて行っていました。

公用車を使ったのは、送迎と公務の時間が重なった数回だけで、送迎のためだけに公用車を呼んだことはもちろんありません。

これは総務省の運用ルール上問題ないにもかかわらず、批判はやみませんでした。

私は逆にこれを契機に、冷静に公用車の使用について議論をできればと考えていました。育児中の女性の働きやすい環境整備のために、同じ女性議員と一緒に運動をしていければと思ったのです。

この騒動のときも議員はみな引いていきました。誰も議論に参加してくれませんでした。残念なのは、ご自身も子供を産み、仕事を続けて、その大変さを一番わかっているはずの民進党（当時）の蓮舫議員が、

「全く共鳴も理解もできません。議員会館にある保育園ならば、会館まで自力で行き、そこから公用車で出勤すればすむ話です。公私混同の感覚が絶対的に欠如しています」

と批判し、私が内閣の一員であったこともあり、それを安倍政権批判という政争の道具に使ったことです。

あのときは、蓮舫議員が野党とはいえ「女性が議員として活動するには、永田町や霞が関でも子育てと仕事を両立できる社会にしなければならない、子育て中の政務三役が公用車を利用する規約が明確にないなら、議論をする機会にしましょう」と、

もう少しフラットに対応してくださることを期待していましたが、実際には違っていました。

女性議員の先輩にこそ、ともに社会の意識を変えるために立ち上がってほしかったのに、同じ女性も、また敵になっていたのです。

そういうさまざまな出来事の積み重ねにより、現在の政治という枠組みのなかでは、なにかを変えることは難しいと感じたのです。

政治家として、自分なりに10年間やりきったという意識もあったので、一度、政治からは離れようと考えました。

落選後、早い段階から私のなかでは引退を決意していたのですが、「政治を変えてくれると思って応援したのに、あっさり辞めてしまうのか」という支援者の方ももちろんたくさんいましたし、私自身、きちんと説明できていない状態だったので、少しずつ時間をかけて納得していただければと思っていたのです。

ＴＢＳテレビ『サンデー・ジャポン』で私が政治家を引退すると表明したのは２０１９年10月6日のことでした。

私たちがテレビに出る本当の理由

私たち夫婦はいま定期的に『サンデー・ジャポン』（以下、サンジャポ）に出演していいます。初めてこの番組に宮崎が出たのは、私の落選から一週間後のことでした。

週刊誌が発端とはいえ、テレビでもかなりひどい取り扱いをされていたので、テレビに対して当初、不信感を抱いていました。

ただ、「サンジャポ」プロデューサーの久我雄三さんは、それまでも宮崎に、彼が断りつづけても出演しないかと声をかけてくださっていたのです。おそらく8回ほどお話はあったと思います。

そうやって連絡を取っているうちに、久我プロデューサーに対しては、彼のなかで徐々に信頼や信用が芽生えていったようでした。

宮崎は不倫騒動で謝罪会見をし、議員辞職してから、精神状態が決して万全ではない時期が長かったので、その後は自分の言葉で語ることができないでいました。

辞職直後は、外に出るとマスコミの方たちにつかまってしまうので、選挙区である京都の方にも辞職の経緯や理由をきちんと説明できていなかったのです。

その後、京都3区に後任の方が決まり、辞職した彼が地元まわりをして説明することも控えなければならない状況になってしまいました。

自分の言葉で発信することができないというもやもや感、あるいは責任感というものが、彼のなかには長いあいだあったのです。

その間、「サンジャポ」の久我プロデューサーからは「生放送の電波で、自分の言葉で伝えたらどうですか」とずっと言っていただいたこともあり、私が落選したあと、「ずっともやもやしていたことを言いたい、自分で発信したい」「投票してくれた京都のみなさまに改めてお詫びをしたい」という思いが強くなったのです。

とはいえ1回だけ出演して、笑い者にされたまま使い捨てされるというのは嫌だったようで、厚かましくも「3回出させてください」とお願いしていたようです。これも彼らしい行動です。

3回のうち1回は私と一緒にという話が先方からあったようですが、私は選挙が終わったあとで、すぐに出演する気持ちは当初はありませんでした。ただ彼に対しては、「あなたが出たいならそれでいいよ」と、言っていました。

そうして宮崎はテレビ出演を決めたのですが、それに対して今度は私の両親が大反対をしました。過去、私たちがやることに両親は一度も反対したことがなかったので、とても驚きました。しかし一連の騒動のなかで、両親なりにマスコミやテレビに対する不信感というのが強くなっていたのです。

父はこう言いました。

「家族内で解決しているのに、わざわざ外に向けてなぜ改めて話す必要があるのか」

「あなたたちを追い詰めた理由の一端はテレビにもあるのに、なぜあえて出演するのか」

「時間が経てばみな忘れるはずなのに、どうして記憶を呼び戻すようなことを自らするんだ」

私は両親と一緒に新潟にいて、宮崎は東京にいました。「サンジャポ」生放送の前日である土曜の夜まで、「なんとか電話で謙介さんを説得してやめさせなさい」と私は言われ続けていました。

あいだに入った私も、どうしたらいいものかと困り果てました。

そんな状況のなか、母が土曜の夜にばたりと倒れてしまったのです。「母もこんな状態だからやめてほしい」、私は改めて彼に言いました。生放送の10分前くらいまで出演の見送りを説得しましたが、そこはもう彼に押し切られた形でした。そのくらい彼は我慢し続けていて、きっと耐えられなくなっていたのだと思います。

父は、時間が経てば忘れてくれると言いましたが、実際には、人々はそう簡単にはあの騒動を忘れてはくれませんでした。現代はインターネット社会ですから、いまもあのころのことは簡単に検索できてしまうからです。

番組放送直後、金子家はどんよりとした空気に包まれていました。「またこうしてテレビに利用されてしまう。またあのつらい思いを経験するのだろうか」と。そんななか、我が家のインターフォンが鳴りました。出てみると久我プロデューサーでした。私たちは頑《かたく》なに会うことを拒否しましたが、久我さんはその場に3時間ほどいたそうです。

頑なな私たちの様子を察して、菓子折りと手紙をお向かいさんに渡して東京に戻られました。手紙を渡された父はすぐに読み、そして、涙を流しながら手紙に書かれている携帯番号に電話をしていました。

「お手紙を拝読しました。気持ちは伝わりました。わざわざ遠方から来ていただいたのに会いもしないで申し訳ありませんでした」

父はマスコミ不信に陥っていました。最初のころは取材に来られた記者さんにも誠意をもって対応していたのですが、ある質問をされたことを機に完全に取材を受けつけなくなりました。

「お孫さんはこれから絶対にいじめられることになりますよね？」

父が亡くなってから母に聞かされた話です。この質問に父は憤ったのか、悲しんだのか、悔しかったのか、どういう気持ちを抱いたのかはわかりませんが、傷ついたことは確かだったと思います。その父の凍てついた気持ちを一瞬に溶かしてくれた手紙だったのだそうです。その誠意ある行動が、父のマスコミ嫌いを少し変えたのだと思います。

そして11月末に宮崎がひとりで再び出演し、結果的に私も約1カ月後のクリスマスに一緒に番組に出ることになりました。

宮崎がテレビに出るのは、世間的には「面白い」ところがあるかもしれません。もちろんテレビに出れば不倫のことをいじられるので正直、本人は嫌な仕事もやってきたと思います。彼なりのプライドもあるでしょう。ただ彼がよく口にしているのは、「テレビに出るのは、自分にとっては贖罪《しょくざい》である」ということです。

よくテレビ出演はお金のためだとネットで言われているのですが、議員を辞めたあと宮崎がすぐビジネスを始めたことをご存じないのだと思います。

無職だからお金のために過去の騒動すら笑いにしているとか、妻のヒモのような状態だとも言われますが、じつはビジネスのほうでしっかり私たちを養ってくれています。

ただ、そう言われてしまうのは、やはり浮気をしたダメ男という印象があるからでしょう。しかし、それもすべて贖罪です。

一方で、私はなぜ出演するのかといえば、宮崎の本当の姿や私たちの本当の関係を知ってもらいたいという思いがあるからです。

私の地元の支援者たちからも、離婚しないなんて100パーセントおかしい、私の頭がおかしくなったと言われましたし、SNSやインターネットでの発言もそうでした。

宮崎は、もともと底抜けに明るくて、強気でイケイケな人でしたが、どこか抜けていて、不倫問題で足をすくわれたりと、脇の甘いところもあって。そういう人間としての憎めないところが伝われば、という気持ちがありました。

騒動のとき宮崎は、犯罪者以上に犯罪者扱いされたと私は思っています。同時期に、著名なアスリートが薬物問題で逮捕されましたが、それ以上に犯罪者扱いされたのではないでしょうか。彼の場合はあくまで倫理的な話であり、刑法を犯していないにもかかわらず。その彼のイメージを払拭するために、私は番組に一緒に出演していました。

それは彼のためでもありますが、なにより息子のために、父親・宮崎謙介の印象があのときのままで止まってしまうというのはいけないと思っているからです。

記者会見のときに、本人が一番ぐさりと心をえぐられたのは、先ほどの私の父に向けられた言葉と同じような質問でした。

「息子さんが成長してこのことを知ったら、父親としてどう思いますか？」

「息子さん、いじめられますよね？」

父親としての背中を息子に見せるためにも、いまの父親像のままではいけない、社会における宮崎の印象を、世間から認めてもらえる程度には上塗りしなければ、と私は考えていました。

もちろん全員がそれを肯定的に受け入れてくれないにしても、せめて等身大の彼を知ってもらうことで、少しでも挽回できたら、と。

そうやって最初は宮崎につきあって一緒に出ている感覚だったのですが、あの騒動以来、私自身もみなさんが思っているようなしっかりした人間でも、完璧な人間でもない、そういう自分の本当の姿も知ってもらいたいとも思うようになったのです。

出演することに対して、よく恥ずかしげもなくテレビに出られるなと言われたこともあります。

それでも良い面もいくつもありました。

まず私の元の支援者の方たちが、政治的なコメントを宮崎がテレビですると、「経営者から政治家になった人だから、やはり一般的な政治家とは違う視点がある」と言ってくださるのです。あの騒動のときから比べると、これは大きな変化だと思っています。

同時に、夫婦でいることに反対していた人たちの反応も変わってきました。政治家時代の事務所スタッフも、もはや政治家ではなくなった私がテレビで彼と映っている姿を見て、「あ、いま金子恵美は夫婦として幸せなんだ」と感じてくれたようで、「よかったね」「安心した」という電話やメールをくださるのです。

「私の選択を、いつかわかってくれる日がくると思う」と事務所スタッフには言い続けてきたので、それが画面を通して伝わったのもよかったと思っています。

最近はネット上でも、「夫婦にはいろいろな形がある」「ああいう状況なら絶対に別れると思ったけれど、こういう夫婦の形もあり」という声も目にします。

妊娠中に浮気をした夫を許して、婚姻関係を続けるなんて絶対にありえないと言っていた方たちのなかに、「こういう形もあっていい」と思ってくれる人がでてきたことが実感できるのです。

一方、マイナス面もやはりあって、それはどこまでいっても「バカ夫婦」という扱いをされることでしょうか。

しかし、私は「損して得をとる」つもりです。「バカ夫婦に見えるよな」と思いながらも、少しでも宮崎のイメージを挽回できれば、あの騒動のときよりはいい。私たち夫婦の姿をポジティブにとらえてくれる人も少しずつ出てきているので、それでいいと思っています。


いま宮崎は企業の顧問やコンサルタントの仕事などを順調にやっています。あの騒動を見て、逆に連絡をくださった経営者の方々もけっこういて、捨てる神あれば拾う神ありと、当時は本当にありがたく思いました。

彼が最初に始めたのが現代版寺子屋でした。プログラミング教育がいま必修科目なので、それをお寺で教えるプロジェクトです。

彼は前述した醍醐寺さまをはじめ議員時代に京都のお寺さまには大変にお世話に

なりました。ただ少子高齢化のなか、2030年には4割ほどのお寺が存続の危機を迎えるといわれていて、それらを守りたいという寺院支援の一環でもあるのです。

昔はお寺というのは子供たちが集う場所で、子供の声でにぎわっていたのに、いまは人々が疎遠になり、せいぜい1年に一度、法事や墓参りで行く場所になってしまいました。

もっとみなさんが気軽に足を運べる地域の憩いの場にしたい、子供とお寺の距離を縮めたいという思いで始めたプロジェクトです。お寺という場所でご住職が法話をしたあと、プログラミングを勉強する寺子屋を全国に20カ所つくりました。

法話は子供だけでなく、保護者の大人たちも聞くことができます。かつての選挙区でお世話になった方たちとのご縁でも、いまは仕事ができています。

最近は、新型コロナウイルス感染症の影響で内定を取り消されたり、仕事を失った若い方々と50社ほどの企業の求人をマッチングさせるサイトも立ち上げました。

1000枚ほどマスクを配ったり、そのなかでシングルマザーの方がとくに困っている現実を知り、ひとり親世帯に無料弁当を宅配するサービスをボランティアでお手伝いしたりもしていました。

このコロナ禍の大変な事態で、困っている人たちや社会のためになにかできないかを考え、思い立ったらすぐやる、人のために尽くそうという思いからです。宮崎は昔からある種、とても純粋なところがあるのです。

夫婦の形は変化し正解も変わる

夫婦や家族の形というのは、時期によってさまざまに変わります。私たちの場合は三段階にわけられると思っています。

一段階目。結婚から不倫騒動まで。私が宮崎を支えた時代。

二段階目。私が最後の衆議院選挙を戦い落選するまで。宮崎が私を支えた時代。

三段階目。そのあとから現在まで。お互い支え合い、自由な家族の形を模索し、築き上げてきた時代。

不倫騒動の直後は、私はまだ議員だったので、政治家として冷静な対応をしなければという思いが頭のなかにつねにありました。なので、宮崎の地元、私の地元、自民党関係者への謝罪などの対応に追われていたのです。

そこはきわめて冷静に対処していた一方で、妻としては、夫が自殺しないようにと必死に支える必要がありました。その意味では、非常に精神的に張り詰めていた時期だったのです。

きっと同じような経験をしたことのある女性も少なくないのではないでしょうか。夫が仕事で大きな挫折を経験したり、会社をリストラされたり、人間関係で裏切りにあったり、金銭問題で失敗したり。長い人生のなかでは誰もが、大きな人生のつまずきを経験する可能性があります。そのときに夫を支えるのが妻であり、家族の役割だと思います。

そんな私たちの関係が変化し、新たな段階へと踏み込んだのは2017年10月の衆議院議員選挙のころです。

宮崎はまだ心の整理はついていない状況でしたが、社会的にはすでに仕事復帰していたので、そのときは私のサポートを第一に考えてくれたのです。家庭は、私の選挙を中心に回っていました。

以前は私が夫を支えているという気持ちが強かったのに、いつのまにか今度は私が支えてもらう側になっていたのです。

夫婦というのは合わせ鏡です。自分が支えた時代があったから、宮崎も私を支えてくれたのだと思いますし、さまざまな経験や時期を乗り越えて、そうやってお互い本当の意味で必要な存在になっていくのでしょう。

相手を許し、理解し、支えたことで、私自身も変化し、成長することができました。ひとりの女性としても、人間としても。それはきっと、彼も同じなのではないかと思います。

議員時代は、支援者の方たちに配慮することが第一になりますが、議員を辞めたあとは、ふたりとも自由の身となりました。誰にもとらわれない、自由な家族のあり方というものを、ふたりで考え、模索し、実践してきました。

長い夫婦生活のなかでは、今後もきっとまた関係性が変化することもあると思います。そのたびに私たちなりの答えを見つけていくことになるのでしょう。

私たちがいつも大切にしているのは対話です。

もしもなにか心配の種が芽生えたら、早いうちに摘んでしまったほうがいい。だから少しでも違和感を持ったら、それが不信感へと成長してしまう前に、お互い包み隠さず、きちんと対話します。

そもそも話すことが好きなふたりなので、他愛のないこともなんでも話します。ただ男女間の対話でよく言われる、「男性は結論をまず求め、女性は結論より過程やストーリーを重視する」ことは私たちにも当てはまり、お互いに噛み合わないことも少なくありませんでした。それが面倒で対話が少なくなることもよくあると思います。私もよく「結論は？」と言われていました。ですが、その指摘に反発したり腹を立てて言い返したりすることなく、折れないで、しつこくストーリーを話すことにしていました。そうするなかで自然と彼も最後まで話を聞いてくれるようになりました。これは一例ですが、私たちの対話の方法は、お互いそれなりに闘い、話し合って、確立したものなのです。

それから彼のいい面は、自分が経験してよかったことがあると、それを私と一緒に共有しようとしてくれるところです。たとえば食事に行っておいしかったら、私にも食べさせたいと必ずそのレストランに連れていってくれます。

新型コロナウイルス感染症の緊急事態宣言による自粛期間も、行きつけのお店の冷蔵や冷凍の料理を取り寄せたり、テイクアウトしたりして、家で再現してくれました。

そういうときに大事なのは、喜び上手であることではないでしょうか。なにかしてくれたら、「すごい。ありがとう」「これ、すごくいいね」と、嬉しさをきちんと表現します。男女問わず喜びベタは損です。

「でも」とか、「これはこうしたほうがいい」とか、相手がせっかくしてくれたことに対して、ひと言難癖をつけてしまいがちな人もいるかもしれませんが、それをやると、「喜んでくれないならいいや」と相手も思ってしまうこともあります。

相手のために気持ちを込めてやったことを、そのまま「ありがとう」と受け止めてくれたら男性はそれだけでいいのだと思います。もちろん女性でも同じですよね。性別関係なく、お互い大事なのは素直さです。

また日ごろから肝に銘じているのは、宮崎のビジネスや趣味など、パーソナルな部分を侵してはいけないということです。

特に仕事は自己実現の意味合いも強いですし、彼なりのビジョンもしっかり定まっているので、もう好きなように、やるだけやってほしい。

またキックボクシングやサーフィンという趣味があるのですが、そういう彼がやりたいことも絶対に頭ごなしに否定をせず、相手の意思をまず尊重してあげる姿勢は母の教えに基づいています。

なんでも自由に、お互い我慢をしないでやったほうがいいと考えています。私も夫のために過度な犠牲を払う気はまったくないですし、それはお互いさまです。結婚しても彼の人生を尊重したいし、私もそうしてほしい。そういったバランスのよい関係性を保てれば、ストレスが溜まることもありません。

加えて宮崎はああいう性格上、楽しさがないと人生つまらないと感じる人間なので、そこは付き合ってあげたいと思っています。あのときのように、楽しさが一定枠を超えて、あやうくならないように注意が必要ではありますが。

私たちはふたりとも暗いことは嫌いなので、基本的には明るく楽しく、人生愉快にやろうという意識です。そして既成概念や固定観念にとらわれず、さまざまなことを経験しよう、と思っています。

新型コロナウイルス感染症で、明日はどうなるかわからないと感じた人は多いのではないでしょうか。明日も、来年も不確かなのだとすれば、いまやりたいことをやったほうがいいという感覚も、私たちは共有しています。

最近ふと思うのは、夫をヴィンテージものの家具だと考えたらいいのかもしれない、ということです。たとえばソファーも、良いものは長く使います。そして使えば使うほど、味が出てきます。傷がつくこともありますが、その傷も含めて味だ、ということです。

金銭面とか、女性関係とか、それぞれ家庭内には問題があると思いますが、傷を楽しむぐらいの余裕があるといい。修復したほうがむしろ家具は長持ちしますし、市場価値が出ることもあります。

私だって完璧ではありません。いえ、完璧ではなさすぎるから、夫の傷がむしろ愛おしく見えるのかもしれません。

「いいじゃない、それこそが味だよ」と。

父、母、姉、息子……大切な家族から学んだこと

新型コロナウイルス感染症の影響による緊急事態宣言で自粛生活を強いられたとき、家族の重要性を誰もが痛感したのではないでしょうか。

日ごろから、家族を大切にしていた人はより絆を深められたのでしょうけれど、家族を疎かにしてきた人にとっては、厳しい局面もあったのではと思います。

私たちもそんななかで、さまざまなことを考えました。家族としてのライフプランを模索して、今後もやはり子供が中心になっていくのではないかと話しています。

そして改めて、私に「許すチカラ」の考え方や哲学を育んでくれた、両親をはじめとする家族や故郷についての大切さも考えました。そこで私の家族と私が議員に

なるまでについても、ここで少し伝えておきたいと思います。

まずは、父。父は新潟県月潟村の村長を23年間にわたり務めて、人々から「村長さん、村長さん」と大変に慕われ、尊敬されていました。

父のそんな背中を見て育った私は、幼いころからおぼろげに、政治はすばらしい仕事だと思っていたのでしょう。父のあとを継いで政治家に、という思いが次第に芽生え始めていました。

しかし私の高校時代は大変な反抗期で、それはとくに父に対して向けられました。当時、私は劣等感の塊で、周囲と比べて「自分にはなにも取り柄がない」とひどく落ち込み、悩んでいたのです。

それは誰のせいでもない、自分自身の力のなさが原因だったのに、それを直視することなく、不満を家族に爆発させることでなんとかバランスを保っていたのです。

その反抗期も、大学生になり親元を離れて東京で暮らすようになると、親や故郷のありがたさに気づき、次第におさまっていきました。父があのとき、私にかけたなにげない言葉にも愛があったんだな、と遠くに離れて初めて腹に落ちるわけです。

それでも、同じ政治家の道を選んだことで、父とはその後も少なからず確執がありました。私は父のあとを継いで新潟市議会議員になり、その後は新潟県議会議員、衆議院議員へと立場を変えていきました。

とくに衆議院議員になってからは、父がさまざまなアドバイスをくれても、「国の政治のことは知らないでしょう」と、いま振り返れば本当にひどい言葉を返していました。衆議院議員時代の私はつねにストレスにさらされていて、言葉もつい強くなりがちで、父は大変に傷ついたと思います。

しかし宮崎の騒動で家族がバラバラになりそうになったとき、みんなの心をひとつにまとめあげてくれたのは父でした。それは村長という立場で、組織を率いてきた人ならではの手腕であり、それにより彼も私も、いったいどれだけ救われたかわかりません。

2019年に父が亡くなったときは、そういった自分自身の過去の言動に対して、申し訳なかったという気持ちでいっぱいになりました。同時に政治家として、ひとりの職業人としての基礎を授けてくれた父に対して、大きな感謝の気持ちに包まれたのです。

そして、母。母は現在の上越市出身で、高校時代に新潟市へと引っ越し、その後、早稲田大学へ進学しました。父と出逢ったのは、新潟への帰省の列車のなかで、お互い早稲田のバッジをつけていたのがきっかけで話し、連絡を取るようになったそうです。

卒業後、父は証券会社、母はコンピューター関連の会社に就職します。父と結婚後、祖父の会社の手伝いをするため父が月潟村に帰ることになり、一緒に新潟に戻ってきたのです。

幼いころはバレリーナを夢見て、長じてからは、バイオリンを弾いたりと音楽に関心を抱く母。就職後は電子機器のインストラクターだったこともあり、いまでも現代文化やテクノロジーへの理解がある、先進的な面を持つ女性です。父が村長になってからは、政治家の妻として父を支え続けました。

政治家の妻というのはじつに大変な立場で、我慢を強いられる場面がたくさんあります。とくに、同じ女性の目が厳しいのです。

あるとき母は「その靴のヒール、高くないですか」「高そうなアクセサリーをつけていますね」と言われたことがありました。以来、その地区に行くときは、母は必ずぺたんこの靴で、貴金属はいっさい外すことを徹底していました。

お辞儀の仕方や角度ひとつについても、さまざまに指摘されます。政治家自身より妻への目が厳しいので、つねに細心の注意を払っていました。

母は私たち三姉妹に「外に出て、広い世界を見なさい」とつねに話していました。東京の大学や専門学校で教育を受けさせてくれたり、さまざまな経験をさせてくれました。

昨年、父が亡くなってから母は本当に幸福だったのだとわかってきました。父と偶然、帰省の電車のなかで出逢ったときのことを、娘から見ると恥ずかしくなるほど、ときめいた顔で話すのです。父が叙勲《じょくん》を受けて一緒に皇居に行ったときも、「お父さんのおかげでこんな思いをさせてもらって」と何度も語っていました。

本当に大恋愛だったんだ、母は父のことが大好きだったんだと、羨ましくすら感じられたほどです。

そういえば生前、父も「出逢ったころのお母さんはすごくきれいだった。お前たちなんか足元にも及ばない」と言っていたことがありました。

父と母には、夫婦のあり方というものを改めて教えてもらっているように思います。さらに母は、私の政治家時代もつねに私を支え続けてくれました。本当に、尊敬に値する女性なのです。

先に三姉妹と書いたように、私には姉がふたりいます。長女は一番上らしく真面目な優等生で、親の期待を一身に受けて育ちました。それに対して次女は個性的な天才肌でした。優秀なふたりの姉を前に、精一杯努力して、ようやく結果が出る程度の末っ子の私。私はいつもふたりに劣等感を抱いて、思春期になると比較されることに反感すら抱くようになりました。でもそういった姉たちに対するコンプレックス、自分は決して完璧な存在ではないことをまざまざと知った経験があったことも、夫の浮気を許すことができた要因のひとつかもしれません。

そして最後に、私に本当の「許すチカラ」を与えてくれた息子。

いまでも、ふと私には自分の子供がいるんだ、この子は本当に私から産まれてきたんだと不思議に感じることがあります。子供を産んだ瞬間から、女性はあらゆる意味で変わります。

親になったことで人生が信じられないほど豊かになり、いままでまったく知らない、未知の自分に出逢えたことが本当に嬉しいのです。

私を親にしてくれた夫と子供に、心から感謝しています。

いま長男は4歳ですが、自粛生活のなかで子供も非常にストレスを受けていると感じました。息子は泳ぐことが本当に大好きなので、そんな彼のためにも海に近く、同時に私たちが仕事を続けていくのにも不便ではないところに引っ越そうと決めて、じつは最近、海に近い場所に家を借りました。宮崎が議員になる前に購入していた都内のマンションと併用した生活をしようと思っているのです。息子も東京のマンションにいるよりは少しストレスが軽減できるのではと考えて。

完全な移住ではなく、とりあえずはセカンドハウス的な住まいではあるのですが、目の前がすぐ海なので、今後息子にどんなことがあろうと、彼にとって大好きな海さえ見られれば、快適に過ごしてくれるのではないかと思ったのです。

息子には、強さと優しさの両方を持ってくれたらと願っています。

宮崎の騒動を経験したあとだからというのもありますが、まず生きていくうえで大切なのは、やはり困難を乗り越える強さではないでしょうか。苦境に立たされたときに人は困惑するものです。何をしていいのか思考停止に陥りがちです。そこで必要になるのは、そこから抜け出すための問題はなにかを冷静に分析する問題の発見能力です。そして、その問題を乗り越える解決能力が必要になってくるのです。困難にくじけることなく必ず壁を越えていけること、それが私たちの考える強さです。

もうひとつが優しさです。優しさということでいえば、強者の論理に立つような、自分だけよければいい、という人間にだけはなってほしくない思いがあります。いわゆる弱者を踏みにじったり、弱者から搾取しようとする人だけは絶対許せません。困っている人に手を差し伸べる温かい優しさがなければ、人としての強さは完成しないからです。

困難を乗り越える強さと、さまざまなことに目が行き届くような繊細な優しさ。このふたつがあれば、なんとか人は生きていけるのではないかと思うのです。

じつは議員時代は、ほとんど息子と向き合う時間がありませんでした。保育園に18時くらい、遅いときは21時ごろに迎えに行くことも少なくなかったのです。ある意味、保育園に任せきっていた部分がありました。

保育園のみなさまのおかげで、子供に生活のリズムができた点は本当によかったと思います。

ただ、いまこうして一緒にいると、昨日できなかったことが今日はできたりと、子供は日々変化するので、それを見ていると多くの発見や喜びがあります。議員時代の2年間は、目の前の大きな仕事に追われ、そういう息子の小さな変化をほとんど知ることができなかったので、いま思うと本当に残念で、後悔するところもあるのです。

だからそのぶん、小学校に入学するまでの残り約1年半は、無理をしてでも子供と向きあう時間をつくっていこう、子供を最優先にしていこうと話をしています。

息子が小学校へと入学し、子供なりに小さな社会やコミュニティができて、学校生活や友人からさまざまなことを学び取る時期になれば、親の教育的な割合はグッと減っていきます。

一方で、幼児期というのはやはり親の考え方、親の責任が非常に重い時期なのです。親の躾《しつけ》や教育ひとつで子供はダイレクトに影響を受けることになります。日々、これが正しいかはわからないという葛藤を持ち模索をしながらも、できる限り多くのことを経験させてあげたいと考えています。

宮崎家と金子家、私たちの実家の教育方針での共通点は、やりたいことをやらせてくれた点です。親にそうやって育ててもらったからこそ、私は多くの選択肢のなかから自分なりの道を見つけることができました。

そう考えれば、本人が興味を持ったことはなんでもやらせたいですし、親のエゴかもしれないですが、そうでないこともとりあえずは経験させたいと思っています。もしかしたら、子育てはどんな仕事よりも大変かもしれません。子供というひとりの人間の人生を、自分の判断が左右してしまうかもしれない。自分とは決して同じではない人格、人生をどうやって導いていってあげればいいのか。きっと親であれば誰もが同じ悩みに向き合っているのではないでしょうか。

子育てにおいて、正解はなにかと壁にぶつかったとき、それは夫婦のあいだで壁にぶつかったときと同じく、乗り越えるためのベースはやはり対話だと思っています。

子供に関しては時々、妻のせいとか、夫のせいとかいう言葉を聞くこともあります。私たちは、もし間違ってしまったかなと感じたときはふたりで責任を持とう、と話しています。それが子育てで行き詰まらない秘訣ではないかと思います。

子育てをしていくなかで、自分が60代、70代になったときのことを想像することがあります。よくバリバリ仕事をしたいんでしょう、本当は政治家に戻りたいんでしょう、と聞かれます。こんなことを言ってしまうとお叱りを受けるかもしれませんが、まったくそんなことはありません。

以前は自己実現のために働いていた部分もありますが、いまは自分の人生で大切なものが明らかに変わりました。逆に余裕を持って仕事をしていきたいのです。

もちろん仕事は完全にやめるわけではなく、社会性という側面は持ち続けていきたいと思います。将来的にはボランティアや福祉活動、講演など社会的に意義のあることをやっていければと考えています。

息子が生まれてから一番大きく変わったことは誰に対する活動をしたいかという軸です。いま考えていることのひとつは貧困のなかで苦しんでいたり、障がいを持っているお子さんたちのサポートをするお仕事です。

以前、聴覚障がい者の方々の支援をしていたことがあります。もしかしたら聴覚障がいの方と音楽は結びつかないと思われるかもしれませんが、彼らは身体への響きで音をとらえるので、太鼓の演奏などは見事なものです。思わぬ掛け合わせによって人の才能は開花するのではないかと思うのです。障がいだけでなく、家庭環境などによって恵まれない状況で生きていかねばならない子供たちに対しても、それぞれの秀でた才能を見つけてあげられるような、そのきっかけづくりができるような活動をしたいと考えています。文化芸術の面を伸ばすために発表の機会を提供したり、最先端の学問に触れる機会を提供したり、財政的な支援なども含めてお手伝いできればと考えています。

また、政治家を経験した者として、官と民をつなぐ活動ができればとも思っています。官と民は、求めているものの方向性は同じなのに、うまくマッチングしていないところがいまだにたくさんあるからです。

政治家時代には、日本の優れた新しいものと、価値のある古いものという両軸から官民の連携を進めていくお手伝いをしていました。具体的には、先進医療や遺伝子、宇宙など民間のほうが進んでいる最先端のベンチャー企業を、官がサポートすることによってさらに成長を促進させたり、日本の誇る伝統的な産業や農業などの分野は、世界に日本ならではの良さとして発信することで、その価値を守り、受け継いでいくことにもつなげたりしていました。

このようにすでに民間のほうが先に進んでいることを、新たなエッセンスとして政治に加えれば、もっと社会がよくなることもあるでしょう。

女性の仕事を含めた環境や生活の整備も、過去に政治のなかでやってきましたが、政治がなかなか動かないもどかしさも実感しました。今後はそれを民間側から突き上げていきたいのです。法改正が必要であれば、その提言もしていきます。講演や、やはりテレビは影響力が大きいので、そういうメディアを通しても、どんどん発信していこうと考えています。

政治家のときは選挙区という地域や人、時間に制約があったので、土地も時間も、ひとつのことに縛られない柔軟で自由な活動をしていければ本望です。

第3章

未来への提言

～少子化、子育て、女性キャリア～

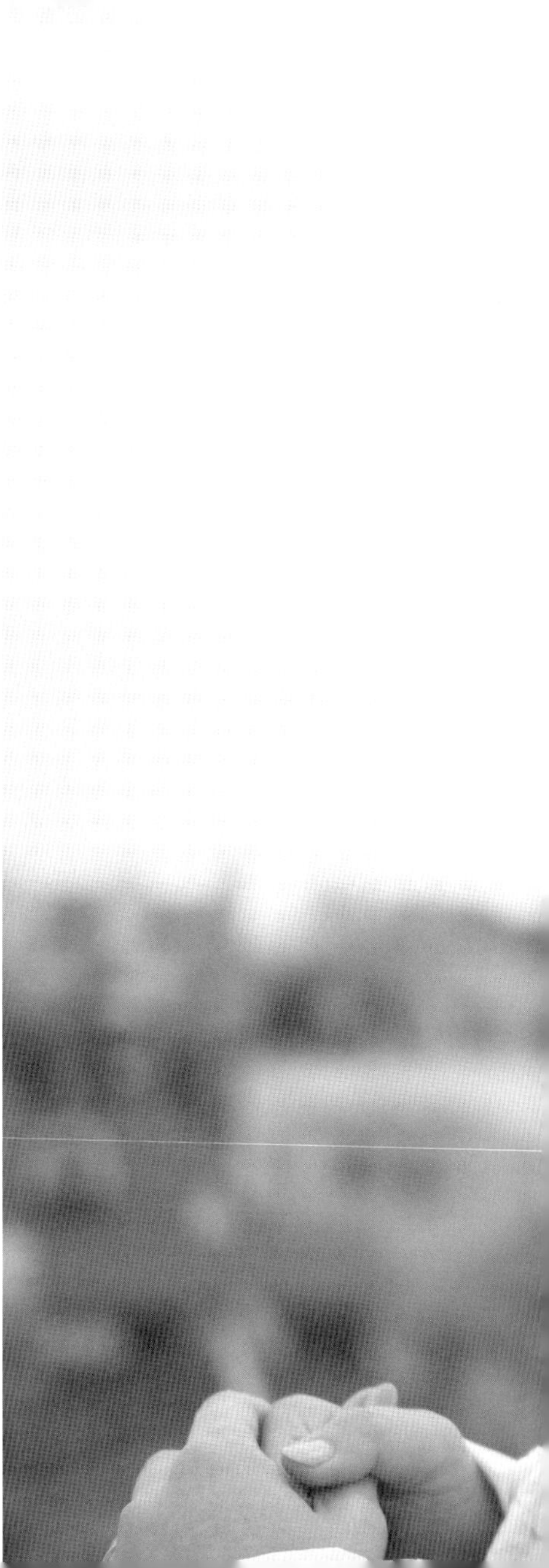

女性が真に活躍できる社会を目指して

２０２０年のいま、政治家は引退したとはいえ、私の関心はもちろん日本の、女性の、そして子供たちの未来です。どうすればみんなが幸せで、安心した生活を送ることができるのか。どうすれば女性が真に輝くことができるのか。女性の活躍と関連する少子化問題や子育て支援はどうすればいいのか。地方、国会ともに経験した議員時代のキャリアを活かし、また議員から離れたいまだからこそ思う、私なりの未来への提言をこの章ではお伝えしたいと思います。

まずは少子化問題。まったく改善されないこの課題ですが、やはり女性目線に立って進めるべき課題です。この問題に関しては、はっきりいって日本政府の対策はまだまだ手薄です。

特に都市部における待機児童問題や子育て環境の問題は深刻です。地域によってこの問題に濃淡はあるのですが、子育てがしづらいと感じるワーキングママが多いことは全国で共通でしょう。

業種や業態により多少の違いはあっても、子供が0歳から2歳まではできる限り一緒にいたいと希望している人にとっては、保育園の整備がなされているべきであり、職場の理解がなくて苦しむようなことがないようにすべきであって、なんの負い目も感じることなくそれが叶う環境であり、社会であるべきだと思います。特にそれを阻んでいるのは社会の空気であり、男性の理解不足であると私は感じています。

私は妊娠中、一度切迫流産しそうになったと書きました。そのときに地元の方とこんなやりとりがありました。

「みなさん、本当に申し訳ないのですが、絶対安静といわれているので、今回は地元に帰れません」

それに対し、

「新幹線のグリーン車を使っているんだから、帰ってこられるだろう」

発言の主は、ほかでもない子育て支援を訴えている地方の男性議員でした。

「でもね、先生。絶対安静ってどういうことかわかりますか？　ベッドから起き上がれないんですよ」

そう返しても、

「グリーン車の席をフラットにすればいいじゃないか」

そのとき私は、これはダメだ、戦うしかないと思いました。

私にとって最後の選挙では、そこにチャレンジしました。

「ひとりの女性として子育てしながら、議員活動を１００パーセントはできません。いままでみなさんが思っている議員像、政治家像ではない形で私は活動します」

そのうえで地元に帰る回数を減らしたり、逆にあえて子供連れで会合に行ったりしました。

子供を連れて行ったことに対しては大変な批判や反発がありました。

「子供をダシにしている」

「子育てをしていることを売りにしたいのか」

そういう発想になってしまうのです。新潟の選挙区で、保守的な土地柄というのもあったとは思いますけれど。

政治家というのは、本当に休みがありません。本人の意識もそうですが、地元の有権者や支援者のなかにも、自分たちが選んだ議員なのだから24時間３６５日、公人として仕事してもらわなければ困る、という意識をもつ人がいまだに多いのです。

そういう不休の働き方というのは、男性議員であれば可能かもしれません。望ましくはないけれど、男性は妻に子育てを任せることもできるからです。一方で、男性議員は出産や子育ての経験がないので、どうしてもそちらに興味がいかないし、理解しづらいところがあります。

女性や子供が住みやすい、ひいては誰にとっても住みやすい社会にするには、子育て支援などの政策に積極的な女性議員を選ぶことです。

しかし、女性国会議員は、日本では衆議院9・9パーセント、参議院22・9パーセント（2020年1月時点）で、その比率は世界191カ国中165位と非常に低い水準なのが現状です。先進7カ国（G7）、20カ国・地域首脳会議構成国（G20）でも最下位です（内閣府男女共同参画局、令和2年3月発表の「諸外国における政治分野の男女共同参画のための取組」など参照）。

また、日本には自治体が約１７００ありますが、そのうち女性議員がひとりもいない自治体が全体の約２割あります。私は昨年1月、当時そのひとつだった兵庫県加西市からの依頼で講演に行ってきたのですが、市民に女性議員の必要性を伝え、意識改革を促してほしいとの内容でした。

また、現在は選挙で票を取りたいと考えると、どうしても高齢者に手厚い支援策を訴えることになります。高齢者が圧倒的に選挙に行く割合が高いからです。最新の国政選挙でみても一目瞭然です。

２０１７年10月の第48回衆議院議員総選挙（投票率53・68パーセント）では、60歳代72・04パーセント、70歳代以上60・94パーセントに対し、20歳代は33・85パーセント、30歳代は44・75パーセントでした。２０１８年7月の第25回参議院議員選挙（投票率48・80パーセント）では、60歳代63・58パーセント、70歳代以上56・31パーセントに対し、20歳代は30・96パーセント、30歳代は38・78パーセントなのです。

現状を変えるためには、やはり女性と若い世代が選挙に行くことがもっとも大切です。たとえば若い方たちや子育て世代が動いて、選挙に行くとなれば、政治家もその票を無視できなくなります。そうすれば、若者や子育て層に向けた政策を選挙で訴えるようになるのです。

いままでの政治手法では次の選挙は厳しいとなると、政策をつくる側の意識も変わります。

政治家も有権者も、お互いの意識改革が必要といえます。

では、どうしたら女性が子育てをしつつ、働きやすい環境になるのか。

そのためには産休や育休をきちんと取得させる企業にプラス面があると、政治が誘導していくのもひとつの手であり、いまは政治もその流れです。確かに育休などで一時的に現場から人が減るとほかの方々の業務は大変になりますが、会社全体として有利な面があるなら導入しようという企業も増えてくるでしょう。具体的なメリットを挙げると、国や地方自治体から補助金が出る、出産を理由とした人材の流出を防げる、女性の人材を活用すると企業のイメージアップにつながる、などです。実際に女性の労働環境の整備に力を入れている企業は採用力が上がっています。

また徐々に増えているのですが、企業内保育園や託児所があれば、母親としてはとても楽だし、安心です。子供に少し熱が出ても昼休みに様子を見にいけますし、母親が仕事をしている姿を子供に見せられるメリットもあります。

母親が仕事をしているという事実を子供に認識してもらい、理解させるためには、職場に連れていくのがもっとも早いのです。

お母さんはここで働いて頑張っているんだと理解できれば、子供もたとえ母親がそばにいなくても、安心できるでしょう。もし経済的な理由で働いているなら、「あなたのためなのよ」と堂々と言ってもいいと思います。

なにより大切なのは、仕事をするときに、母親が罪悪感を持たないですむことです。そのための受け皿や環境づくりを、企業が担ってくれれば理想的といえます。

私も夜、仕事に行かなければいけないとき、以前は子供に気づかれないようにこっそり外出していましたが、それはよくないことだと気づきました。

むしろ仕事に行くことを理解させたほうが、同じ寂しい思いをするにしても、子供にとってはいいと感じたのです。


女性が仕事を継続するうえでは、職場内の環境づくりも欠かせません。育休を取ると男性だけでなく同じ女性からも疎まれるという話もよく聞きます。

とくに上の世代の女性たちのなかには、「私たちは我慢してやってきたのに」と同じつらさを強いる人もいます。産休や育休を取る人の分、仕事量が増えるから嫌だという職場の空気や風土もあるそうです。

女性にとって心身、時間の両面でフルで働けない妊娠中と育児中の期間にだけ配属できる部署を作ることもいいのではないでしょうか。妊娠・育児に専念しなければならない期間や状況は人によっても違いますが、それでも人生の3～5年ほどだと思います。そのあいだだけ入る部署をつくるのです。

仕事としてはそれほど重くないプロジェクトとか、会社になにかあったときにサポートするくらいの位置づけの部署を設けている企業も増えてきています。そこの部署にいるのは全員、同じ立場なので、なにか起きたときの大変さも理解できますから、融通しあって仕事ができます。そうすれば本人にとっても、また会社にとっても大切なキャリアを止めることもなく、仕事を継続できるのではないでしょうか。

若い世代の女性たちも、いつか自分が妊娠、出産、育児をするときはそこに入れるとわかっていれば、安心して結婚や出産に臨めると思います。

ただし、20代を中心に、いまの若い世代は将来的に年金ももらえるかわからない、給料も自動的に上がっていくわけではないと考えています。

子供を育てるには多くのお金がかかるから共働きは必須なのに、保育園の環境も整っていないとなれば、結婚にも、出産にも前向きにはなれません。前述したように企業の努力も必要ですが、それだけでは当然無理です。

そこには、やはり政治の支援が必要です。

出生率を上げるにはどうしたらいいかは、日本ではすでに長年にわたる課題です。少子化対策の成果の出た先進国として広く知られているフランスでは、1994年に1・66と底を打った合計特殊出生率（ひとりの女性が一生のうちに産む子供の数の指標）が2010年には2・00を超えるまでに回復しました。2017年のデータでは出生率1・88とやや下がっていますが、同年の日本の1・43と比べればはるかに多い数字です。ちなみに、日本では2019年は1・36となり、4年連続、前年を下回っています。

フランスは家族給付制度がとても充実していて、その手当の数も多様で30種を超えています。子供を出産すれば、さまざまな形で給付金を得られるのです。国民は教育も医療も無料なことが多いので金銭的な負担も少なくてすみます。

未来への投資という意識で、子供たちをとても大切にとらえているのです。

さらにフランスでは、夫婦の形もさまざまで、籍を入れないPACS（パックス）というカップルが約半分ほどを占めています。そして、たとえ入籍しなくても、女性もその子供も、籍を入れたカップルとまったく同等の社会的権利があります。もちろんそれは、シングルマザーも同じです。女性がひとりで出産しても、社会的差別はないといわれます。なにより女性は結婚、出産後も働くのがあたり前というのが社会常識です。

日本では、妊娠したとき、たとえば相手の男性に子供は嫌だと言われると、自分ひとりで抱えて、また他人からも好奇の目で見られるとなれば、女性が望んだとしても産むのは難しいでしょう。

それは政治家たちの意識とも、決して無縁ではありません。たとえば自民党は保守的な議員が多く、家族のあり方は従来的であるべきで、変わらないほうがいいと主張します。

でも、もしそれを守りたいなら、若い世代がきちんと結婚して子供を産める政策が必要です。たとえば結婚、出産したときにはその都度、税の優遇を与えるなどの必要があります。女性の活躍を謳うなら、共働き世帯に有利な税制度をもっと根本的に整える必要があるでしょう。

保育園の待機児童問題や介護問題、こういった領域は本来、国で一律の政策を打つというより地方自治体ごとでの対応が適しています。

地域によって高齢者が多かったり、待機児童がたくさんいたりと、東京など都市圏と地方では当然、事情がまったく異なるからです。

政策を一律にすること自体に限界があることはこれまでも指摘されていますが、中央集権体制を是正し、地方分権を推進してきたはずが、いまだに国と地方の役割分担が根本的には改善されていません。

権限は委譲しているように見えて、実践のところでは違うというのは、今回の新型コロナウイルス感染症に関する対応での特措法の運用などでも明るみになったのではないでしょうか。

地方自治体が本当の意味で自主性、自立性を持てれば、女性の多様な生き方に対して細やかにサポートする仕組みも可能になります。

なかには「子供を育てやすい地域にしよう」と医療費の助成、保育園の整備、育休など独自の取り組みでやっている地域もだいぶ増えてきましたが、制度を充実させても活かしきれていないケースも多いと感じます。

病児保育も、たとえば突然の発熱のときに利用できないなど、利用する側にとって利便性の高い運用でないために、活用されていないことも多いのです。

いまなお子供が突然、朝になって熱が出ても預けられない現実があります。ただ一部の民間サービスでは当日の受付も可能とするなど柔軟な対応をしているように、今後は地域の特性や子育ての実態も把握したうえでの細やかな対策が必要です。

超高齢社会の介護と医療の問題

母方の祖母は晩年、認知症を患いました。もともとおばあちゃん子だったこともあって私は一時期、その祖母のもとで暮らしていたこともあります。

認知症になり、母と私で自宅で介護をし、最終的には特別養護老人ホーム（特養）でお世話になりました。

認知症が進む大きな理由は寂しさや孤独ともいわれ、子供たちが独立していなくなったときに、祖母の症状も急速に進んだようです。老後の孤独感というのは、並大抵なものではないことをまざまざと知りました。

認知症の在宅介護というのは、家族にとっては大変なストレスと苦労です。祖母は着物をいつもシャンと着こなした秋田美人で、母にとっては尊敬する女性でした。

しかし認知症になってからは、お金に対して非常に執着を持ち、「盗んだだろう」「どこに隠した」などと言うようになりました。それは認知症のひとつの特徴でもあるのですが、母は変わっていく祖母の姿にショックを受けながらも、現実を受け入れられずに時には祖母にきつくあたってしまっていました。

そのような状態のなか特養の方たちには、祖母の人格や人権を尊重して、丁寧な対応をしていただきました。

以前は、本人はわからないからと、「○○ちゃん」などと年齢的には明らかに人生の先輩にもかかわらず、子供扱いをし、認知症になった老人の尊厳が守られないケースも多々見られました。

でも祖母がお世話になった特養は、「○○さん、今日は何をされますか?」と敬語で語りかけていました。そういう言葉遣いひとつにも高い意識が表れていました。

最期までその人の生活の質が落ちないようにと、入居者が好きだった趣味などもさせてくれたのです。

政治家時代に、認知症患者の人権を尊重してくれる介護施設を増やしていきたいと主張したのも、その経験があったからです。

こうした質の高い介護サービスをするにも、現場のソフトの部分、マンパワーがまったく足りていません。たとえ施設という箱をつくっても、そこに従事する方の数と教育体制が十分とはいえません。

さらに介護職は本当に大変な仕事なので、待遇、処遇をもっと改善しなければいけません。

処遇改善は少しずつ行われてきているものの、現場で働いている方々にはまだまだ不十分です。特に民間はどうしても経営的立場からものを考えざるをえないので、働く人の待遇が上がらないという側面があります。

処遇、待遇改善のために、公務員の介護職が大胆に拡充されるべきだと考えます。これからの超高齢社会において、介護職は、消防士や警察官と同じ社会的インフラの職業として欠くことのできない存在であることは事実なのですから。

末期がん患者の医療体制についても、父をがんで看取った経験から、考えさせられるものがありました。

父は大腸がんでした。わかったときには、がんはすでに直腸やS字結腸に大きく広がっている状態でした。

その1年前からおなかが痛いと言って、あまり食事もできなくなっていました。痛かっただろうし、つらかったはずなのですが、周囲がいくら言っても病院に行かず、結局手遅れになったのです。きっと本人も、病院に行って、がんだとわかることが恐かったのでしょう。

結局、2018年の暮れにまったく食事ができなくなり、2019年の正月に、お世話になっていた地域の医師に説得してもらい、救急車でなんとか病院に連れて行ったのです。

そのときにはもうがんは肥大化していて、開腹手術をできるような状態ではありませんでした。

新薬として知られる抗がん剤を処方してもらいました。適合できればかなり効く薬で、奇跡的に適合したので使用したのですが、そのときには新薬に耐えうるほどの体力がもうない状態でした。そこから数日で体調が急変し、亡くなってしまったのです。2019年5月20日のことです。

あれほど病院を嫌がっていたのに、治療中は医師と看護師さんに大変によくしていただいて、父は最終的には、病院にこのままいたいとまで言うようになりました。

しかし病床数や入院期間が限られているなかで、父の希望を叶えてあげることはできませんでした。患者の意思を最大限尊重する医療体制というのはなんなのか、患者の家族からすると考えさせられることが多々ありました。

「がん対策基本法」の改正法が２０１６年に成立し、がん患者が安心して暮らすことのできる社会への環境整備が盛り込まれました。しかし、まだまだ細部では課題が多いと感じます。がんは日本人のふたりにひとりはかかる病気です。今後の超高齢社会の大きな課題のひとつです。

女性の生き方はどうあるべきか

いまの若い女性たちはとても真面目で、みな地に足をつけて人生を考え、節約や貯蓄もしっかりして暮らしているという声は多く聞きます。

未来を楽観的に思えない不透明な時代ですから、そういった価値観や意識を持つのも当然ですし、とてもよく理解できます。

それでもあえて、私はこう言いたいのです。

一歩を踏み出す、その勇気をもってほしい、と。

そこに恐さがあるのは、私も経験上知っていますし、よくわかります。でももしかしたら、心のなかに、なんとなく「このぐらいでいいや」というあきらめや我慢、妥協があるのではありませんか？

ほんの少しの勇気を出すことで、さまざまな人と出会い、驚くほど世界が広がり、人生にチャレンジできるようになります。

なぜなら、それは私自身が体験したことだからです。繰り返しになりますが、私は高校を卒業するまでは自分に自信のない、コンプレックスの塊のような人間でした。

でも外の世界に一歩踏み出したことで、いまの私が形成されていきました。きっと誰の心にも、「こんなことをやってみたい」という秘かな冒険心が、潜んでいるのではないでしょうか。自分が望むことを能動的にやる、主体性を持った女性たちがもっともっと増えてほしいと願います。

私は三姉妹の末っ子で、とても人見知りでした。いつも姉ふたりの後ろに隠れているような女の子だったのです。

私の家は政治家の家系ということもあり、特に父にとってひとり目の子供である長女への期待はとても大きいものでした。大人になってからも、「長女が一番かわいい」と平気で私たちの前で言うほど、長女は圧倒的存在、絶対的存在でした。次女である姉と、「よく私たちグレなかったね」と笑って話すほどです。

長女も期待を一身に受けて、それに応えようと頑張っていましたし、小さな田舎の町ではありましたが、非常に優秀で、地域では神童と言われたほどでした。ただ真面目すぎて融通がきかないところがありました。

次女は非常に個性的でした。いまは東京でスタイリストをしています。私たち三姉妹はみな同じ地元の三条高校に進学したのですが、次女は当初から服飾系の専門学校進学を希望していました。天才肌で高校の先生からは東京大学への進学を説得されていました。でも結局、本人の希望は変わらず、専門学校へと進学したのです。

そんなふたりの姉に比べて、私は精一杯の努力をしないと勉強もできないタイプだったので、つねに劣等感を抱えていました。小さいときから自分を肯定できず、親に認められたい、評価されたいという気持ちが強かったのです。

同時に自分の小ささ、もどかしさも実感していました。

母は、娘たちには自由に、好きなことをさせたいと常々言っていました。

我が家は父も母も早稲田大学卒で、母は大学生活こそ東京で過ごしましたが、4人きょうだいの末っ子だったこともあり祖母に大切にされて、つねにそばにおかれていたのです。そのためどこか自分の人生を自由にできなかったという思いがあったようです。

小さいときから「新潟のこの小さな村だけにとどまっていてはいけない」「自分の経験が、将来一番の財産になるから、〝外〟という大海に出なさい」と言われ続けました。

私はコンプレックスを抱えながらも、母の言う「大海」に出れば、そこにチャンスがきっとあるのではないかと思ったのです。

やがて努力の末、早稲田大学第一文学部へと進学し、東京での生活が始まりました。文学部では演劇を専修しました。

映画を見て映像方法を学んだり、日本の歌舞伎や能、狂言について研究したりと、広く文化芸能について勉強します。

同級生には能の家元や映画監督志望の人など、文学部のなかでも演劇科は個性的な人が集まっていました。バラエティに富んだ仲間たちがいて、それまで世間知らずで内向きだった私には大変な衝撃でした。こんなに自分のポリシーがあって、面白い人たちがいるのだ、と。

みんな好きなことに没頭し、自立していて、周囲と同じである必要はないと、自らに誇りを持っていました。

私はいよいよ、「世界を見なさい」と言っていた母の言葉を実践することにしました。両親にはなんの相談もせず、自分ひとりで航空券やホームステイ先を決めて、イギリスのロンドンに旅立つことにしたのです。

両親には、「これから行きます」という直前の報告だけしました。母も「そんなことできるはずないと思っていたのに、突然どうしたの！」と、とても驚いていました。

それは親からの解放であり、閉じこもっていた自分からの解放でもありました。

マーガレット・サッチャーという、イギリス初の女性首相（１９７９〜１９９０）になったひとりの女性にも興味がありました。私と同じでサッチャーの父親も政治家であり、彼女は「鉄の女」と称されたとおりとても強い、ブレない信念の持ち主でした。

サッチャーの政治家としての評価はさまざまですが、なにかを成し遂げるには当然反対勢力や意見はありますし、逆になにも反対意見がないような政治家は意味がないと私は思っています。その点、彼女は政治家としてあるべき姿を体現しているといえるのではないでしょうか。

大学卒業後は、新潟放送に就職しました。

このころには、いずれ政治家になりたいといううっすらとした考えが、すでに頭のなかに浮かんでいました。しかし、政治家にも民間の経験は絶対に必要だと両親がよく言っていたことも頭にありました。

父は教育に力を入れて、保育園や小中学校、各種教育施設をつくり、子育てや教育の環境を整えました。その結果、どの地方も人口減少という時代に、私たちの住む地域では移住する人も含めて住人が増加し、子育て世代を中心とした新たな団地が次々と造成されました。

また図書館も新設しました。成果も目に見えるうえ、将来的にも残り、ずっと人々に喜んでもらえるものです。地域の人たちが笑顔になれることを仕事にするのは、本当に素晴らしいことだと感じていたのです。

地方自治の良い点は、身近で困っている人を助けたり、人々の希望やニーズに直接応じながら、住民に寄り添った仕事を担えることです。

いまでも地元へ帰ると、「子育てや教育にいい環境ですね」と言っていただくことがあり、父は多くの人に感謝される仕事を成し遂げたと誇らしく感じます。

もうひとつ政治家を志すきっかけになったことで大きかったのは、20歳のときのネパールでの体験でした。新潟県出身の農学者で、ネパール・ムスタン地域開発協力会理事長だった近藤亨さんが、そのころ標高2750メートルの高地で稲作を成功させていました。世界最高峰の地での稲作です。そこに物資を運び、現地の人々と交流する農業支援活動があると母が教えてくれて、一緒に行ったのです。

そのムスタンに行く前に、ネパールの首都であるカトマンズに寄りました。そこには手や足がないことを売りに親が子供に物乞いをさせている姿などを目の当たりにしました。

おそらくネパールやインドなどではよくある光景なのだと思いますが、生まれた国によって、これほどまでに人生や生活が変わるのかと衝撃を受けたのです。それは、政治の力について深く考える契機となりました。

いったいなぜこのような格差が、生まれる国によって起こるのだろう、と。もちろんネパールより経済的に恵まれた日本でも格差は生じています。はたして政治は人々の声に応えているのだろうか、それは政治家になったあとも、自分への問いとして持ち続けた感覚でした。

就職後には大きな困難に直面しました。

入社から半年ほど経ったとき、顎関節症《がくかんせつしょう》により入院することになったのです。学生のときからかみ合わせの悪さはあって、病院にも時々行っていたのですが、この病気をあまくみていました。配属された編成局での仕事も楽しく、これからというときに、めまいや頭痛、肩こり、その影響で立っていられないほどになってしまったのです。

矯正で仕事をしながら治す方法もあったのですが、これには数年かかります。私自身は早くしっかり完治したかったので手術を選択しました。しかし、手術は1年ほどで完治する可能性と同時に、麻痺が残る可能性も3割ほどあると言われていたので家族は反対でした。さすがに1年近く休職することは難しく、会社をやめて、治療に専念することになったのです。

治療は想像以上の苦痛でした。手術ではあごの骨を人工的に切り、上と下のあごが一度外れた状態にした上で、かみ合わせのいいところでねじで止めます。人工的に骨折させるので、ギプスで固定しなければいけない時期がありました。

口も開けられないため、術後は鼻からチューブで栄養を入れていましたが、それだけでは足りないので、ミキサー食やごはんをペースト状にしたものを歯の隙間から押し込み、それを何時間もかけて食べました。

入退院を繰り返し、食べることをまったく楽しめない生活が1年半ほど続くと、本当に社会復帰できるのか不安にもなりました。

しかし、私が入院した口腔外科には舌がんの患者の方もいたりと、私よりもっと重症の方たちがたくさんいました。そこで出会ったのが、口唇口蓋裂《こうしんこうがいれつ》の高校生の女の子でした。口蓋が裂けて、口腔と鼻腔がつながるなどの症状の出る先天性の疾患で、身体の成長にあわせてそのたびに鼻と口を形成する必要があります。

生まれながらにその運命を背負い、私たちが当たり前に過ごす春休みや夏休みは

病院で手術をしなければいけない……その彼女にあるとき、

「金子さんは贅沢だ」

と言われたのです。

私がこの入院と治療期間で、今後の希望が見えずずっと塞《ふさ》ぎ込み、落ち込んでいた様子を見たからです。この言葉は、とても重く、私の心に響きました。いまも忘れていません。自分で自分の人生を選べる、それだけで幸福なんだ、私はなんてあまいのだろう、と。

自分で選択できるだけで幸せなのに、そのチャンスを活かしもしないで、コンプレックスだけで自分はダメだとあきらめている。本当になんて申し訳ないのだろうと感じたのです。

それでも私にとっては治療は壮絶で、発言もネガティブになりがちでした。そんな様子を見て心配した母が、新潟県きもの振興会の主催する「きものの女王コンテスト」に知らないうちに応募していました。

当時まだ歯にブリッジがついていて人前では笑えない状況だったこともあり、私は人前に出ることすら嫌だったのですが、それも母は織り込みずみで挑戦させたのです。

結果的には「きものの女王」のひとりとして選ばれて、それから1年間は県内外のさまざまなイベントに参加しました。2年間療養していた私にとってはひとつの社会復帰で、大きな充実感がありました。活動中にブリッジが取れ、口を開けて笑うことができるようになったことも自信を持てるきっかけになりました。

そして今度は自分の意思で「ミス日本コンテスト」に出場します。年齢制限ぎりぎりだったので、挑戦してみようと思ったのです。その結果、関東大会の代表に選ばれ、2004年1月の本大会に出場しました。

私が新潟市議会議員選挙に出馬し、当選したのはそれから3年後の2007年のことです。そして2010年には新潟県議会議員に、2012年には衆議院議員となりました。前職の死去による補欠選挙や周囲の後押しなども重なり、私は5年ほどで、国政へと押し上げられることになりました。

私の人生は多くの人との出逢い、さまざまな経験に彩られてきました。

それもすべて、大海へと一歩を踏み出すあの勇気があったからだと、そう思っています。

だからこそ私は、多くの若い女性たちにも挑戦する心、冒険心を捨てないで、と言いたいのです。あなたの人生はきっと、あなたが思っている以上に未来に向けて、大きく開かれています。その扉を、ぜひ勇気を持って押し開いてほしいのです。

女性の身体と出産適齢期

女性の生き方は「二兎を追って二兎を得る」ことのできる時代だと思います。仕事も結婚生活も、両方充実させて生きたいと望むなら、それが可能な社会になってきています。

そういった思いを持つ女性たちにひとつ、提言があります。それは私自身の反省から言いたいことでもあるのですが、人生設計をするうえでひとつだけリミットがある、ということです。それが出産です。

子供を産むには女性の身体には適齢、そしてリミットがあるということを把握して、自分の人生を考えてほしいのです。

日本産科婦人科学会によると、高齢出産とは35歳以上の初産をいいます。また、出生総数に対する母体の年齢階層別の比率では、35歳以上は2007年19・43パーセント、2017年では28・60パーセントにまで増えています。40歳以上も2007年は2・31パーセント、2017年は5・67パーセントと増加しています。

私は37歳で出産しましたが、いま振り返れば、もっと自分の身体にとって負担のないベターな出産の時期があったのではと思います。

私自身がそれをできなかったのは、私もふくめて日本の女性たちには、自らの身体に対する知識がなさすぎるということも理由のひとつです。

たとえば不妊症の問題も、出産時期になって、突然考えても遅いのです。本来であれば思春期から、やがて母体となる身体を大事にしていかなければいけない。それは教育、広くいえば政治の問題でもあります。

欧米はそういった情報がきちんと提供され、共有されています。女性は自分の身体の仕組み、健康の仕組み、生理的な現象をきちんと知らなければいけませんし、意識的に考える機会を持つ必要があります。そのためには教育が大切なのです。

２０１４年、「女性の健康の包括的支援に関する法律案」が提出されました。女性の健康について教育や医療的なアプローチで支援する法律案です。

たとえば生理痛のときも、すぐ薬を飲んで、痛みを止めてしまう方もいるでしょう。その痛みがなにか深刻な病気のシグナルかもしれないのに、診療を受けないために悪化させ、子宮内膜症などの段階にまで進み、結果、不妊症になってしまうケースもあります。

そもそも痛み止めの市販薬の錠剤をどれだけ飲むかという用量は、健康な成人男性を対象としています。細身の女性が同量を飲むことは、身体に負担があると言われています。結果的に女性の身体、健康を害してしまっている。そんな知識を共有することもなく、ただ女性に働けと言っても、女性の身体はホルモンバランスなどにより非常に繊細なので無理が生じます。

しかし、この法案はいまだに案のまま通っていません。

一部の男性議員からは、「どうして女性の健康のことだけを考えるんだ」という声があります。男性ももちろん健康は大事ですが、女性はライフステージごとにホルモンバランスが全く違うからだと言っても、理解できないのかもしれません。

一刻も早くこうした法案を成立させることが不妊症対策、ひいては少子化対策にもつながっていきます。

仕事や結婚、出産や育児、親の介護と、女性にはさまざまな人生の段階があります。それぞれのライフステージで、女性が生き生きと人生を謳歌できる仕組みづくりが、これからの政治には求められます。

私はその手助けを、今後は民間の立場でおこなっていきたいと考えています。

―第4章―

わたしの許せること、許せないこと

不倫問題は社会の問題ではない

私は、夫を許すことで幸せになれました。許すことには力がある、私自身はそう思っています。ただし当然、なんでも許せばいい、と思っているわけではありません。

この章では最近、世間で話題になったことなどをとりあげて、私が許せることと許せないこと、その考え方を整理してお伝えしたいと思います。

私たちのことに限らないのですが、浮気や不倫というのは、大前提として、そもそも夫婦のあいだの問題です。だから周囲がとやかく言うことではない、というのが私の考え方の基本にあります。

不倫騒動やスキャンダルが報道されると、コメントを求められることがよくありますが、そのとき私は必ず、「夫婦のことは夫婦である当事者にしかわからない。まわりが言うことではないと思います」と前置きをしたうえで、私なりの意見を話しています。

こう言うと語弊があるかもしれませんが、不倫とか浮気というのはけっこう世のなかにある話だと、私は思っています。

その場合、妻が夫に、夫が妻に対して怒ればいいし、許す許さないといった判断をすべきであって、別に社会が怒る必要はないのではないでしょうか。ただ、いまや不倫が社会悪そのものになり、とにかく許せないという人が多くなっています。

そういった現状を踏まえたうえで、最近話題になった不倫騒動について、私なりの意見をここでは伝えたいと思います。

ある著名人同士の不倫が報じられたときに、女性側から発表されたコメントが極めて配慮を欠いたものだったことが気になりました。

それは「男性が独り身になるつもりでいると言ったから、その言葉を信じて交際してしまった」というような内容でした。

ふたりしか知らない、ふたりのあいだだけで交わされた言葉をオフィシャルにしてしまう行為には、実際には離婚していない奥様への敬意がまったく感じられませんでした。しかも妻より自分は少し上に立っているという意識が、そこに見え隠れしてしまっている気もします。

もちろんそこは男性側も、「妻と別れる」などという言葉を使って相手を口説くのではなく、妻の尊厳はしっかり守ったうえでなければルール違反ではないでしょうか。私にとっては、どちらかといえば許せないケースです。

また、長きにわたり男性側が不倫していたケースもありました。その間、何度も気づかれ、そのたびにもう会わないと詫びながらも、同じ相手と繰り返し会っていたというのは非常に悪質です。

　妻の心を傷つけて、「こんな思いをさせてはいけない」と、自分自身が変わるタイミングは何度もあったはずなのに、それをも超える気持ち、愛情が相手の女性にあると推察できるのは、妻側として乗り越えるのが非常に難しいかもしれないとも思いました。しかも女性側がふたりの写真などを限定したSNSに公開するのを男性が止めなかったというのも、さらに妻を傷つける行為です。もし私が同じ立場だったら、許せたかどうか、わかりません。長期にわたるという時間の長さと、随所に夫側の本気度が見えるところがいただけません。

　とはいえ、不倫発覚後、妻側が夫の非を詫び、「夫婦でしっかり話し合う」という意思をSNSですぐに公表するというケースもありました。夫婦間の前向きな決断がすべてであり、よその夫婦のことは、基本的に夫婦内で解決すればそれでよいのです。

男女間の嘘、夫婦間の嘘にも、さまざまなケースがあります。相手を思う嘘、相手を傷つけない嘘というのもあります。それは、決定的な嘘とはいえないものです。嘘も方便という言葉もあります。

ただ私の場合は、やはり隠しごとが一番嫌です。嘘はいらないから、包み隠さず話してほしいのです。

では、その不倫報道をする週刊誌などメディアに対してはどうでしょう。社会的な問題としてそれを書く、伝えるという強い信念をもって記事にしているなら意義があるし、許せるかもしれません。たとえば、不倫は社会の悪であり、だから絶対にダメなのだという正義感や、刑事罰にも相当するものだから社会的にも裁かれるべき、いっそ刑事罰にすべきだと問題提起するほどの信念があるのであればまだ許せるのです。

しかし、いまの状況はただ面白おかしく書いて、その人たちを傷つけて、家庭を壊して、最終的に社会から排除するほど追い詰めるというだけで終わってしまっています。

もちろん、そういう記事を見たがる人がいるから書く、ニーズがあるから記事にして、販売部数やページビュー数を上げるという側面があるのでしょう。

だから、そういった不倫記事を読んで、怒っている人たち、許せないという人たちはどういう気持ちなのかな、と考えることがあります。

脳科学者である中野信子さんの『人は、なぜ他人を許せないのか?』『不倫』などの著書を読むと、とても興味深いことが書いてあります。少し長いですが、引用してみます。

（前略）自分や自分の身近な人が直接不利益を受けたわけではなく、当事者と関係があるわけでもないのに、強い怒りや憎しみの感情が湧き、知りもしない相手に非常に攻撃的な言葉を浴びせ、完膚《かんぷ》なきまでに叩きのめさずにはいられなくなってしまうというのは、「許せない」が暴走してしまっている状態です。

我々は誰しも、このような状態にいとも簡単に陥ってしまう性質を持っています。

人の脳は、裏切り者や、社会のルールから外れた人といった、わかりやすい攻撃対象を見つけ、罰することに快感を覚えるようにできています。

他人に「正義の制裁」を加えると、脳の快楽中枢《ちゅうすう》が刺激され、快楽物質であるドーパミンが放出されます。この快楽にはまってしまうと簡単には抜け出せなくなってしまい、罰する対象を常に探し求め、決して人を許せないようになるのです。

こうした状態を、私は正義に溺れてしまった中毒状態、いわば「正義中毒」と呼ぼうと思います。この認知構造は、依存症とほとんど同じだからです。

有名人の不倫スキャンダルが報じられるたびに、「そんなことをするなんて許せない」と叩きまくり、不適切な動画が投稿されると、対象者が一般人であっても、本人やその家族の個人情報までインターネット上にさらしてしまう、（中略）

特に対象者が、例えば不倫スキャンダルのような「わかりやすい失態」をさらしている場合、そして、いくら攻撃しても自分の立場が脅かされる心配がない状況などが重なれば、正義を振りかざす格好の機会となります。

（『人は、なぜ他人を許せないのか？』より抜粋）

他人を攻撃すると、ドーパミンという一種の快楽物質が出て、正義中毒の状態になる、というのはとても興味深い指摘です。しかもそこには依存性があるから、なかなか抜け出すことができなくなってしまう。

日本人は農耕民族なので、同じ共同体のなかで協力して農業をやる必要がありました。だから、そこに秩序を乱す者が現れると、一種の防衛本能として排除するとも書いてあります。

（前略）台風や地震など自然災害が多く、四季の変化が大きい風土の中で農耕を続けるのは、相当な困難を伴ったはずです。

とくに稲作が広く定着した奈良時代以降、日本人は集団で協力し合いながら農作業を営む必要性に迫られ、強固な結束力を持つ共同体が必要になったと考えられます。その結果、日本人はアクティブで冒険好きな遺伝子が淘汰され、共同体内の作業に向いた遺伝子をもつ個体が生き延びてきたのだと推測されます。

（前略）ヨーロッパは同調圧力に従っていては生存に不利な環境、もしくは自分で判断しながら食物を探すほうが生存しやすい環境だった可能性があります。たとえばヨーロッパの伝統的な農作物は麦ですが、稲作ほど集団的な規律は求められません。また、中世ヨーロッパが数多くの冒険家を生み、植民地を開拓して帝国主義へと発展して行ったのは、「自分でルールを決めたい」という志向性と関係があると思われます。

（『不倫』より抜粋）

確かに、個人主義的な西洋社会と比べて、SNSのコメントなどを見ると、相手を追い詰めるようなことを書く人が日本人には多いと感じます。たとえば、ツイッターにおいて全世界で使われている言語の1位は英語ですが、その次はスペイン語でもフランス語でもなく日本語なのです。世界的にはマイナー言語である日本語が世界で堂々の2位です。日本人がいかに匿名性のある媒体を好みストレス発散の書き込みをしているのか、裏を返すといかにストレス社会になっているのかということとが推察されます。

フランスのミッテラン元大統領は夫人以外の女性との恋愛を週刊誌に報道されて、記者にそのことを尋ねられたとき、「それで？」と答えただけといわれています。

フランスでは、「個人の私生活は尊重されるべきである」と定めた民法第9条によって、たとえ公人でも謝る必要はまったくないと考えられています。むしろメディア側が「プライバシー侵害」で訴えられる恐れがあるのです。

一般の人も、政治家のプライバシーには興味がありません。望むのは、ただよい政治をしてほしいということだけです。

モラハラや誹謗中傷は許せない

日本人の一番の美徳は本来、配慮や思いやりではなかったでしょうか。相手を思いやるということは、人とのつきあいにおいて、私が人生でもっとも大事だと考えていることでもあります。

しかし、自分の思いだけを貫こうとする人がいまのインターネット社会には多く、自分だけが正しいという価値観、正義を押しつけて、違う意見の人をすべて排除してしまうのです。「もしかしたら、相手はこう考えるかもしれない」という想像力や配慮があまりにもないと感じることも多いのです。

たとえば、いま問題になっているモラルハラスメントなども、「これを言われたら相手はどう思うか」という想像力が大切なのではないでしょうか。昨今、悲しむべき事件が起こってしまっているSNSを中心にした誹謗中傷も、この類《たぐい》のものが多く私にとっては許せないことです。

人間関係においては、「これだけは言ってはいけない」という決定的な言葉というのがあります。相手の尊厳を剥ぐ発言だけは、絶対的にアウトです。でも、そういうことを考えずに、感情の赴くままに言ってしまう人が多いのではと思うのです。なぜ、ネット上では暴走してここまでのコメントをしてしまうのか。歯止めをかけることができないのか。私は不思議で仕方がないのですが、おそらくこの不寛容な社会、つまり「許すチカラ」が欠如している社会から来る現象かもしれません。

また、ネットで書き込みしている人は、意外と40～50代の経営者が多いとも聞いたことがあります。家のなかにこもっている若い人たちが、鬱憤がたまり、なかなか発散できない社会への不満を書く、つまり弱者が強者を批判できるツールとして使っているのかと思ったのですが、意外に社会的には強者とみられる人もそういうことをしています。

すべてにおいて大事なのは思いやりと想像力だと、改めてそうお伝えしておきたいと思います。

いまの日本に一番必要な教育は、自分の考えや主義主張、ゆるぎない信念を持つための教育ではないでしょうか。自分の確固たる価値観に自信を持てるような教育をしていくべきだと思います。

私自身が誹謗中傷を受けた身だからこそ思うことなのですが、インターネットやSNSなどで誹謗中傷をする人は自分に自信がないからこそ他人を見下して優越感を味わうし、その誹謗中傷を受け止めてしまう人も、自分に自信がないために周囲からの評価を気にしてしまうこともあると思うのです。誹謗中傷をなくすことがなによりも大切ですが、それに負けないような、またスルーできるような自分の確固たる価値観を養う教育をしていくことも、この問題に対処するためのひとつの方法ではないでしょうか。

加えて、他人の声に耳を傾ける、他人の多様性を認められる力も養う必要があります。

こうして他人の多様性を認められるようになり、自分の価値観でものごとを判断できるようになることが、ゆくゆくは「許すチカラ」を持つことにもつながってくると思います。

暴力と間違ったセクハラ抗議活動が許せない

不倫は許せても、私のなかで絶対に許せないのが暴力です。

感情を抑えきれずに暴力をふるう人は、その刃を誰にでも向けます。子供や妻に対して、あるいは他人に対しても危害を加えてしまう。それは自分をコントロールすることができないからです。

新型コロナウイルス禍では、ＤＶ問題が増えているとも報道されました。

もしＤＶなどの暴力に苦しんでいるなら、決してひとりで抱え込まず、家族や親族、さらには公的な機関にぜひ助けを求めてほしいと思います。

ましてやそういうとき、もっとも不幸なのは暴力をふるう親の姿を見て悲しむ子供だと思うからです。

政治関連で許せなかったこともいくつかあります。そのひとつが、「#ＭｅＴｏｏ」運動の日本での取り上げられ方です。

#ＭｅＴｏｏ運動はそもそも、ハリウッドの元大物プロデューサーだったハーベイ・ワインスタインが、映画出演とひきかえに、女性たちにセクシャルハラスメントをしたことが契機となり、巻き起こった運動です。

２０１８年1月、アメリカ・ロサンゼルスで「第75回ゴールデン・グローブ賞授賞式」が開催されたとき、女優たちが黒のドレスや衣装で登場し、セクシャルハラスメント撲滅を訴えたのです。

しかし、その運動が日本に入ってきたときに、野党の女性議員が政治に利用したことが、私には本当に許せませんでした。

財務省の福田淳一事務次官のセクハラ疑惑を追及するという名目ではありましたが、同時に政府の隠ぺいや改ざんを責めたり、麻生太郎財務大臣の辞任を要求するために黒い洋服を着て財務省に行ったのです。

#MeToo運動は、普段は華やかできらびやかなドレスを身にまとうハリウッドの女優たちが、あえて黒い洋服を着ることに意義があったのです。

政治利用して形だけ真似て黒い服を着ても、ただの喪服での行列にしか見えませんでした。女性でも違和感を持った人はたくさんいたと思います。

それは同時に、セクハラに対して純粋に抗議活動をし、女性たちの権利を訴えている人たちへの冒瀆《ぼうとく》にも見えました。

日本の一般企業のなかにも潜んでいるかもしれない大きなセクハラ問題に発展させる好機でもあったのに、それを撲滅しようという気運も、あの行為は奪ってしまった。

その意味でも、大変に罪深いと感じました。

いまだに残る政治とお金の問題が許せない

２０１９年７月の第25回参議院議員選挙において、広島県選挙区の河井案里候補（当時）が地方議員ら１００人の地元の人にお金を渡し買収をした公職選挙法違反事件があり、２０２０年６月に夫妻が逮捕されました。

ひと昔前の話かと思われるでしょうが、いまだに政治とお金の問題は残っているという実態が明らかになりました。

少なくとも２０１７年の私の最後の選挙となった第48回衆議院議員選挙の時点でも、政治とお金の問題に悩まされることが実際ありました。「選挙の応援をしてもらいたいなら、お金を渡さなきゃ」と言われた経験もあります。

こういった問題は出す側はもちろん、受けとる側の双方の意識に問題があると考えます。

これまでお金をもらってきたことへの慣れによって、当たり前にもらう側がいるから、悪しき慣習として続いてきてしまったものなのだと思います。

政治家と有権者、それぞれの意識改革なくして、金権政治は根絶できないのです。

選挙にお金がかかるから選挙にでられない、お金をかけないと支援もしてもらえず、選挙運動も手伝ってもらえない、すなわち選挙に勝てないのでは、本来の政治とは言えません。

かつて地元の月潟村では助役選出にかかわる議員への買収行為で、村会議員がほぼ全員逮捕されるという事件があったのです。その後に村長となった父は金権政治と戦い、村の政治を浄化させました。その姿からは強い信念と執念と情熱を感じていました。小さな村の変化ではありますが、政治家の本気の行動によって、地域は大きく変わりました。本来の政治はそのようなものであるべきだと私は考えます。志ひとつで選挙に出馬し、政策を愚直に実行する真の政治家がまっとうに評価される時代がくることを願います。

許せるか許せないかをどう判断するか

私が許せる、許せないの線引きとして常におくのは、筋が通るか、通らないかということです。

政治の世界では、ずっと応援していた政治家が、突然ころっと対立していた政党に寝返る、ということを平気でできる人が一定数います。

上にのしあがるためには自分のポリシーも平気で曲げて、人を蹴落としてでも、という人も決して少なくないのです。当選することだけが目的化している政治家が多いからです。そこに主義主張も、正義もない。筋が通らない。それが、私にはたまらなく嫌なのです。

そして政治家には、時として事実を隠ぺいしようとする人もいます。行き過ぎた利己主義を押し通すために、隠ぺいすることで平気で弱者を踏みにじってしまいます。弱者に対して優しくない、人を貶《おとし》めて利己を通すというのは決して正義とはいえません。

ひとりの人間としても、男女の関係性においても、私にとって許せないのは筋の通らないこと、正義とはいえないことなのです。

きっと誰もが許せないことを持っています。許せないものを抱えて、怒ったり、泣いたり、苦しんだりするのがそもそも人間なのかもしれません。

でも許せないことがあるから、反対に許せることもある。

許すことは、大きな力になります。その人自身を成長させ、より思慮深い人間へと導いてくれる力となるのです。

相手を許せるかどうかは、その相手との「過去の経験や実績に基づく関係値」「尊敬の念や尊厳」、その足し算の値が大きいかどうか、許せないと思う値より大きいかどうかによって決まってくると思います。

「許すチカラ」とはいったいなにか。それは失敗を犯してしまった相手を、とても苦しかったときの自分と重ね、慈しみの気持ちで包んであげようとする力のことであり、人と自分を幸せにする魔法の力であると私は考えます。

事実、人を許し、人に許されて、私はいまここに立ち、とても幸せなのですから。

おわりに

昨今のインターネット上の誹謗中傷やさまざまな事件を目にするたびに、私はこの現代社会が不寛容であると感じてきました。元来、日本人は大らかであることが美徳のひとつであったと私は認識していましたが、現代社会ではそれが失われています。私は社会全体がもっと寛容になり、多様性が受け入れられ、他者を尊重するようになるべきだと思っています。

多くのみなさまから、私の身に降りかかったことをどうして許すことができたのかと問われることがありました。私にとっては普通で自然なことだと思っていましたが、どうやら特殊だということに気づかされました。そこで、恥ずかしながら、私がどのような家庭環境で育ち、どのようなことを経験し、感じ、成長してきたのかも赤裸々に記しました。もしもこの不寛容な社会に対して私の経験から、一石を投じることができれば、また、悩んでいる方々に対してなにかお役に立てることができるのであればと考えました。

加えて昨年、尊敬する父が亡くなりました。私の人生にはなくてはならない存在でした。あの困難を乗り越えて手に入れた今の私の幸福と、家族・家庭の安寧は、父のおかげでした。その父への感謝の思いをまとめたい気持ちがあったからこそ、このタイミングで執筆することを決意しました。

不寛容な社会の原因は、窮屈な世の中と一人ひとりに負担がかかりすぎている社会の在り方にこそあり、また、特に女性に負担がかかりすぎているためだとも考えています。その流れで議員を引退した身でありながらも、僭越ながら未来への政策提言もさせていただきました。これからの日本で生きていくすべてのみなさまのお役に立つ要素が少しでもありましたら幸いです。

2020年9月　金子恵美

本書は書き下ろしです

金子恵美　かねこ・めぐみ

１９７８年、新潟県生まれ。
２０００年、早稲田大学第一文学部卒業。
新潟放送勤務を経て、
04年にミス日本関東代表に選出。
07年、新潟市議会議員選挙に立候補し当選。
新潟県議会議員を経験後、
12年に衆議院議員に初当選。
16年には総務大臣政務官に就任し、
放送行政、ＩＴ行政、郵政を担当。
主な政策テーマは福祉、ＩＴ、
地方創生、子育て支援、女性活躍。
10年間の議員生活を経て、
現在は企業顧問と
テレビコメンテーターを中心に活動中。

ブックデザイン　後藤正仁
構成　鳥海美奈子
撮影　森本美絵
ヘア＆メイク　上川タカエ（mod's hair）
スタイリスト　清水奈緒美
校正　鷗来堂
編集　宮崎幸二

許《ゆる》すチカラ

２０２０年10月10日　第一刷発行

著　者　金子《かねこ》恵美《めぐみ》
発行者　樋口尚也
発行所　株式会社 集英社
〒１０１－８０５０
東京都千代田区一ツ橋２－５－10
電　話　編集部　０３－３２３０－６１４３
読者係　０３－３２３０－６０８０
販売部　０３－３２３０－６３９３（書店専用）
印刷所　大日本印刷株式会社
製本所　加藤製本株式会社

ISBN978-4-08-788042-7 C0095